走过冬天便是春

SPRING COMES AFTER WINTER

王秋珍 著

北京时代华文书局

美食和阅读，
都在滋补着我们的生命。

万物更新，
旧疾当愈，

长安常安。

序

张爱玲曾说,"报刊上谈吃的文字很多,也从来不嫌多。中国人好吃,我觉得是值得骄傲的,因为是一种最基本的生活艺术。"在电影《朱莉与朱莉亚》(Julie & Julia)(2009)中,梅丽尔·斯特里普(Meryl Streep)塑造的小白领朱莉从厨房中找到了人生另外的乐趣。她不仅学会了烹饪,还学会了怎样成为一个更好的人。墨西哥女作家劳拉·埃斯基韦尔(Laura Esquivel)的美食小说《恰似水于巧克力》,塑造了蒂塔这个特别的人物。她在厨房出生,在厨房长大,大部分时间在厨房度过。她将喜怒哀乐都倾注在烹调上,从中获得最大的乐趣。

在我还是孩子的时候,我的父母种了很

多的水稻,每逢暑假恰好是农忙,我最渴望听到的话就是父母的那句"好了,你回家烧饭吧"。我从稻田的热浪里脱身,兴致勃勃地投入厨房里的"战斗"。等家人回来,总能发现我烧的菜比他们想象的要多。丝瓜花、番薯梗、大蒜须、南瓜藤甚至荷花瓣等,这些在乡村里随处可见的东西,都能被我做成好看又好吃的菜肴。

　　小时候,虽然经济拮据,但对待年猪,我的父母是很慷慨的。那些猪杂啊、猪肉啊,父亲一般不卖,一部分送给外婆、姑妈等亲戚,一部分送给朋友,剩下的都腌起来慢慢吃。每到年三十,母亲就忙着灌猪肠,将大肠、小肠都灌进糯米。母亲总是把特别香的小肠递给我们,长长的、细细的一截,抓在手上,这头儿吃吃,那头儿吃吃,好吃又过瘾。不过,更香的是啃猪头骨。父亲将腌了几天的整个猪头放在大锅里煮,那个香啊,相信神仙闻到这香味也不愿挪步了。父亲总是递给我们下巴骨,那是猪头里最香的部位。下巴骨很大,白白的,扁扁的,有些像关羽的刀。附在那上面的瘦肉,却一点不塞牙,吃完一说话,嘴就冒出香气。

美食的美,不仅在于它的鲜香独特,还在于它的烟火气,以及背后的情感。美食的味道和回忆的味道交织,炉灶的温度和情感的温度共鸣,即使最不起眼的食材,也能绽放幸福感,驱散疲惫感。很多时候,美食是一道门,轻轻一推,就能看见故人、故乡、故事。美食带给我一段回忆,一片乡愁,一种人生。

《走过冬天便是春》便是这样一本"有故事"的散文集。全书分为"煮春天的鲜""吹夏季的风""收秋天的果""藏冬日的暖"四辑,笔触涉及亲人与朋友、植物与动物、美食与人生,涉及季节的变换和隐藏在光阴里的温暖;而美食文化,则贯穿了每一辑的内容,充溢着一种远离喧嚣后,于平静中滋长的情怀。

我的家乡浙江省东阳市,因红木家具享有盛名。《走过冬天便是春》就有着紫檀红木般的气质——稳重又纤细,沉实又青春,正如书名一样,给生活以希望,给疲倦和困顿的人以力量。

这本书里的插图都是我来新疆后的首次尝试。我画得很拙,但很快乐。学习无论什么时候开始都不算晚。拿起画笔,我就像推

开了一扇美好而神秘的窗户，重要的不在于我画了什么，画得怎么样，而是我开始了探索。朋友们纷纷称赞道："你怎么无师自通啊？你真是天赋异禀。"

我知道，他们是想鼓励我坚持下去。我的画在专业人士眼里，自然是粗略的、浅陋的，但是，这又有什么关系呢？画画就像写作，不过是我们表情达意的途径罢了。

我想，大火爆炒的是青春，文火慢炖的是人生。带上最单纯的欢喜，勇敢地追随内心，总有一天，我们会抵达那个春暖花开的远方。

王秋珍

目　录

第一辑　煮春天的鲜

清风剪剪，春色融融。三月的韭菜，孵化出一个盛大的季节，以及生生不息的希望。

"野地顽童"胡葱　　　　　　　　　　　　　　/004
牛尾巴　　　　　　　　　　　　　　　　　　/007
卷心菜的秘密　　　　　　　　　　　　　　　/011
卤水豆腐　　　　　　　　　　　　　　　　　/015

三月韭菜　　　　　　　　　　　　　　　　/019

春食瓦罐鸡　　　　　　　　　　　　　　　/022

河蚌肥　　　　　　　　　　　　　　　　　/025

满垄绿芽迎春风　　　　　　　　　　　　　/028

跟着老爸种芦笋　　　　　　　　　　　　　/035

雨后岩石衣　　　　　　　　　　　　　　　/038

煮春天　　　　　　　　　　　　　　　　　/041

第二辑　　吹夏季的风

> 往山林深处看，一层一层，没有尽头。山的邻居是山，山的远处还是山。我从来不敢去涉足。

田螺煲　　　　　　　　　　　　　　　　　/050

童年的泥鳅　　　　　　　　　　　　　　　/053

三伏西瓜甜　　　　　　　　　　　　　　　/056

神奇的丝瓜花　　　　　　　　　　　　　　/061

八月荷塘　　　　　　　　　　　　　　　　/065

小龙虾 /069
里山坞的动静 /073
一顶黑色假发 /082
一只羊长大要多久 /086
那年夏天，风呼呼地吹过 /095
遇见杨梅，请相爱一场 /102
妈妈，妈妈 /105
1989 年的楼顶 /119

第三辑　收秋天的果

柴火在熊熊燃烧，炊烟解开衣襟，恣意起舞。我仿佛回到了旧时光。

滚花生 /128
熬脂油 /133
香香的鱼 /136
六谷 /140

水蒸蛋的幸福	/143
糖梗里有没有糖	/147
风和老鼠都会唱歌	/151
竹子的另一个生命	/173
苹果是什么颜色	/177
静美荷花被,盛开寂寞中	/182

第四辑　　藏冬日的暖

冬去冬来,寒风又起。世界上太多的东西,都平凡无奇,但有了爱和心意,就会变得熠熠生辉。

滚鱼冻	/192
猪血豆腐	/197
鳗	/200
何必是狗尾巴草	/203
祖父的太阳	/208
最是那低眉的温柔	/212

一把木梳 /217
虚负东阳酒担来 /222
晒月亮的口罩 /228
一双小白鞋 /232
最温暖的声音 /236

第一辑

煮

春天的鲜

煮

清风剪剪,春色融融。三月的韭菜,孵化出一个盛大的季节,以及生生不息的希望。

"野地顽童"胡葱

"雷打过了吗?"童年的初春,我们最关心的,是雷声。

一旦得到确定的答案,我就会和伙伴们跑出家门。小溪、溪滩,以及溪滩上的胡葱,正在迎接我们。

坊间传言,只要打过雷,胡葱就可以吃了,否则,吃了容易耳聋。雷声是胡葱被解封的信号,"轰隆"一声,封条揭开,顽童往田塍上跑,田塍系上了漂亮的腰带;顽童往溪滩上跑,溪滩一夜间焕发了青春。

"野地顽童"姓胡名葱,那份机灵劲儿像极了它的名字。溪滩上,都是石头和沙子,几乎没有泥巴的立身之地。胡葱就长在石头缝里，挺着身子，向春风问好，向溪里的小鱼问好，也向觊觎它的我们问好。

轻轻地拨开石头，胡葱雪白的身子在地底延伸，心急的男孩"哗啦"一使劲，胡葱雪白的茎就断了。拿着没根的胡葱，也并不觉得可惜，因为一眼望去，满溪滩都是胡葱，一根根，一簇簇，像有人撒了一大把葱籽，葱籽成苗长大，便成了郁郁葱葱的胡葱。拔胡葱，是有技巧的。只需借助手部的力量，柔中带劲，绵里使力，胡葱就会从地底徐徐上升，最后露出一个圆滚滚的鳞茎，像百合的种子，依然雪白雪白的。鳞茎下方是长长的根，也是雪白雪白的。

胡葱是个会变魔术的"顽童"，它有桀骜的个性，怎么会走寻常路呢？从胡葱的根部往上看吧，先是雪白，然后是淡绿，接着是青绿。那渐变的色彩集中在一根又细又长的秆上，煞是好看。

拔过胡葱的手，沾了胡葱的浓香，非常好闻。童年的我，经常拔几根就停下来，摊开右手，看泥巴粘在指间，闻一闻在手上萦绕的香气，深深地吸上一口，鼻子率先享受了高级待遇，一感动，就提携着心和肺，一起畅快在胡葱的香气下。

胡葱一拔，就是一大把。伙伴们会凑一起，比谁拔的胡葱多，谁的胡葱鳞茎大。有时，还会评比出"胡葱之王"。粗壮的胡葱，身子比筷子还粗，鳞茎比弹珠还大，当然，秆也特别长。

拔过胡葱，还可以玩会儿打水漂。拣一块扁平的石头，蹲下身子，擦着水面削过去，往往能掠起一连串的水花，赢来一声声的欢呼。可我，从来没有打出过潇洒的长水花，往往是石头一落水，就"扑通"

一声往下沉。即便如此，我依然哈哈笑着，去寻找下一块石头。

童年的溪滩，胡葱带着浅浅的笑意，抖擞出贫寒日子里简单的快乐和可口的美味。

胡葱一般是食材的配角，它因着清爽的颜色和特别的香味，适合在菜品出盘前放几片加以点缀。母亲看我们深爱胡葱，每年都舍得下本，做一道胡葱蒸腊肉。

腊肉是母亲以自己喂养的年猪腌制的。一般是有客人来的时候，才削下一溜儿来，做一道主菜。胡葱遇上腊肉，那是好身材遇上了好裁缝，彼此成就，相得益彰。搁一层胡葱，搁一层切成薄片的腊肉，再搁一层胡葱，以此层层交错，胡葱的葱香和腊肉的醇香，完美地结合在一起。打开锅盖，香气就像春天的野花，深深浅浅，满屋散开了。

俗话说，小葱拌豆腐，一清二白。很多家庭都爱做胡葱豆腐。传说朱元璋的结义兄弟汤和镇守常州，被人陷害。汤和做了一锅胡葱炖豆腐向朱元璋明志。朱元璋领会其意，惩处了小人。其实，从现代营养学的角度来说，胡葱和豆腐的搭配是不太合适的。胡葱中含有大量的草酸，豆腐中含有丰富的钙，两者相遇会形成草酸钙，抑制人体对钙质的吸收。即便如此，也影响不了人们对胡葱炖豆腐这道菜的喜爱。

长大后，我就很少去野外找胡葱了。去年，我心血来潮移了几株胡葱在楼顶，今年胡葱绿了一大片，粗粗壮壮的。当即拔了一大把，连着圆滚滚的鳞茎，做了个胡葱蒸腊肉。

狂野的胡葱，撒欢的童年，突然间，又回来了。

牛尾巴

父亲最爱吃牛尾巴。

这是我去年才知道的。

那天，父亲突然说："牛身上，尾巴最健康最有营养，它整天甩来甩去，连苍蝇都没机会叮。我很多年前吃过，真的很好吃。"

父亲的眼神里，流露着孩童般的憧憬。

"怎么不早说，我明天就去买。"

"牛尾巴是要整条买的，一条就要好几百呢。"父亲的纠结常常和钱有关。

我从来没吃过牛尾巴，更没烧过牛尾巴。自从知道父亲爱吃牛尾巴，这道菜就成了我们家的特色菜。

我一直坚信，所有的食材，都是有情感的。

只要你用心对它，它就会回报你惊喜。

烧牛尾巴前，要准备配料和辅助食材。生姜、辣椒、生抽、米醋、料酒，还有八角、桂皮以及冰糖。牛尾巴的绝配——土豆要先削皮，浸泡在清水里。

把切成块的牛尾巴放冷水里煮开，加料酒去腥。铁锅烧热后，倒入植物油，放入冰糖化开，再倒入牛尾巴，添加各种配料，翻炒几下后，牛尾巴就变得红滋滋的了。

把铁锅里翻炒入味的牛尾巴全部倒进高压锅，再加入开水炖煮。等上气后，再烧七八分钟。牛尾巴里的骨头很大很硬，炖烂需要十五分钟。

等高压锅泄了气，就可以把牛尾巴转移到砂锅里。

做菜的器具，对食材的味道有很大的影响。砂锅可以很好地锁住食物的香气，也可以很好地保持食物的温度。炖久了的食材就有了浓香。

土豆终于可以登场了。把它切成块状，放进砂锅。如果嫌醋不够，可以再倒一点。有土豆的菜肴，必须有醋。有骨头的菜肴，最好有醋。

土豆中含有微量的龙葵素，烹饪过程中多加食醋，可以利用龙葵素溶于水、遇醋酸易分解的特点，将龙葵素的毒性分解。骨头汤里加醋，能提高人的食欲，二者结合也更有营养。

对下厨这件事，我从来都是认真的。什么菜和什么菜是相克的，什么菜和什么菜是最佳搭配，我心里有明晰的组合。遇到记不清楚的，我也会上网查一查。衣食住行的排序，对我而言，食应该排在最前面。当美食从舌尖，一直抵达胃，带给我们美味的同时还带给我们愉悦的心情。

牛尾巴炖土豆一上桌，香气就在空气里弥漫开来。

靠近根部的牛尾巴是一块块厚实的大骨头，咬一下边缘，香软的牛肉哗啦一下滑进喉咙，安抚着全身饥饿已久的细胞。然后噘起嘴巴，去吸骨头缝的牛肉。汤汁和牛肉的美味结合，让庸常的生活拥有了独特的滋味。

最好吃的，还是牛尾巴的前面一截，它们细细的、圆滚滚的，一圈的牛肉又劲道又细腻，吃上一小根，愉悦的心情仿佛听到山谷里传来了美妙的歌声。

当然，搭配牛尾巴的土豆也上了身价，香糯、滑嫩的土豆块一入口便入喉。粗犷的人，一口吞下一块；优雅的人，取了几块放在碟子里细细品尝。家常的土豆与牛尾巴的搭配真的太绝了。

某次家庭小聚，我烧了一大锅牛尾巴炖土豆，等我去吃的时候，连汤都没剩下一口，有个小屁孩喊："我吃了十二块土豆！"

父亲一字一顿地说："这是世界上最好吃的菜。"

父亲说话，就爱用"最"来定音。其实，他根本没走出过国门，也没尝过各地的菜品。他要表达的，无非是自己饱满的情绪。

后来，我写了一篇文章《写作就像牛尾巴炖土豆》，收到的稿费可以买三条牛尾巴。过了几天，某杂志要在封二"优秀作家风采"栏目推介我，编辑让我写一句创作感言，我说："写作就像牛尾巴炖土豆,需要恰到好处的火候、足够的耐心和灵动的慧心。"

当牛尾巴进了厨房,就像裹挟在平庸人世的一扇小窗,开启出一个可以垂钓美味和幸福的春天。

卷心菜的秘密

丝瓜、茄子、萝卜、豆角，从来牵不住我的脚步。逛菜市场，我专门买家里不种的菜。卷心菜，我也不买。估计它和青菜的味道、营养价值差不多。

我的做菜法则，总是更多地倾向于健康和个性。

一日，邻居送来一棵卷心菜，母亲做了一道腊肉炒卷心菜，和青菜的口感完全不同。我当即搜索了一下：

卷心菜，也叫包菜，十字花科，属甘蓝类，起源于地中海沿岸，十六世纪传入中国，素有"抗癌卫士"之称。

于是，我将筷子伸得长长的，说："这个

菜营养好，也好吃。"母亲在一旁看着我，微微地笑着。

次年，我已然忘记了此事，母亲说："卷心菜我种了一点，卷得还不多。"带着满满的好奇，我奔向菜地。

一棵棵卷心菜敞开着宽大的叶子，里面攥着一个个小拳头，看起来笨拙拙、松垮垮的。卷心菜们整整齐齐地排列着，像出操的小学生。夕阳橙色的光芒披在它们身上，仿佛披在母亲伛偻的身影上。

育好苗后，母亲把土地翻得深深的。然后，她用手或脚当尺子，量出株距和行距。母亲觉得，坑挖大了，浪费空间；坑挖小了，菜长得拘束。当然，母亲还有一个女人的小心思，要把菜种得漂漂亮亮的。把苗移栽好后，母亲到小溪里取水，一勺勺地喂它们喝饱。

每一个傍晚，母亲都会来看看它们，看看她第一次伺候的卷心菜。叶子瘪了，就浇浇水；有了虫子，就捉捉虫。

卷心菜一点点长大，浅绿色的菜叶吸引了白色的蝴蝶，它们将淡橘色的卵，码在卷心菜的叶子上。不知什么时候，那些卵陆续孵出了虫子。卷心菜的叶子上，出现了大大小小的洞，虫子们像霸道的侵略者开始攻城略地。母亲和它们打起了持久战。

走在菜地里，仿佛走在人生的小路上，每一步都是风景，每一步都有故事。

几周后，卷心菜边缘的叶子，渐渐枯黄，慢慢地长成了一个个椭圆的"瓜"，大大的，一排排地站立着，煞是好看。蹲下来细看它们，一片片带着虫眼的卷心菜紧紧地蜷缩着，叠压成一个个倔强的生命，一副安安静静，却又走过千山万水的样子，像一首寒凉的诗。

摘下一棵抱回家。

在厨房,卷心菜写下了另一首诗。花瓣一样的叶子,一层一层被剥开,那带着水渍的沙沙声,不知是来自手,还是来自鲜嫩的叶片。越往里剥开,叶片越白嫩,褶皱越多。每一个褶皱里,都藏着成长的秘密;每一丝阳光和记忆,都叠加成生命的秘密。卷心菜最柔软的部分,一层层的像宫殿,那里仿佛有一匹匹野马在奔走,卷起一堆堆雪。

手撕卷心菜,打开了爱的窗口,撕开了美味的新篇章。母亲的掌纹印在它身上,那泛着浅绿的白嫩菜叶一点点滑过指尖,像白雪见到了阔别已久的阳光。

那么真挚,那么朴素,又那么不顾一切。

没经历菜刀切割的卷心菜,保留了最原始的滋味。不规则的叶片,或长或短,或方或圆,它们在热锅里翻卷,柔软成一碟能满足眼睛、满足胃的春光。

母亲将卷心菜端到桌上,递过筷子说:"趁热吃。"说话间,她已走到厨房,开始做下一道菜。

我早已习惯了这样的场景,习惯了母亲这种爱的方式。

白玉一样的碟子上,是绿中带白的卷心菜,因加了生抽和枸杞,清淡的色彩上有了热烈的氛围感。

我三两下就吃掉了小半盘。

后来,我一回到乡下,母亲就准备了卷心菜让我带走。一颗颗卷心菜结实、白嫩,闪着白玉般的光泽,和菜地上看到的截然不同。

后来，我才发现，母亲把外层被虫啃过的、被泥土弄脏的菜叶都剥掉了，留给自己吃。

卷心菜的秘密，是一个母亲的秘密。

卤水豆腐

每次回乡下，母亲都会烧一盘豆腐，每次都大受欢迎。"这是正宗的东阳卤水豆腐，当然好吃，人家都做了五十多年了。"

母亲说的，就是七十四岁的永其伯母。在农村，嫁过来的女人往往被人忘却名字，在男人的名字后，加个婶婶、伯母、奶奶什么的，就成了对她们的称呼。我就直接喊她伯母。在我的印象里，除了过年的一个多星期，伯母天天都要做豆腐。

这位做豆腐的高手常年系着一块围裙，穿着灰色的布鞋或黑色的雨鞋，个子矮矮的，还有点驼背加耳背。听说她根本不识字，也不识秤，但她卖豆腐总是带一杆秤。有一次，我看见她过来了，就把豆子拿过去，她拿秤一提，看都没看就往篮子里倒，然后划了一块豆腐，递给我就走。村人们议论说，她呀，有时豆子多，豆腐只有一小块；有时豆子少，豆腐反而一大块。她拿秤，是做做样子的。她给的豆腐多少，要看她心情。

可是，大家还是爱买她的豆腐。早先，她的豆腐用豆子换，说是三倍，也就是一斤豆子换三斤豆腐。后来成了两倍。再后来，遇上节日什么的，她就很霸气地说道："这次只能用钱买！"

在我眼里，这简直就是冯骥才笔下的俗世奇人了。

我决定去她家看看。近几年村庄改造，大部分旧房子被拆除了。那间做豆腐的房子又矮又旧，俨然是"鸡立鹤群"了。伯母在二十世纪六十年代就开始做豆腐，靠着做豆腐，她最多的时候喂了十几头猪，养大了两个儿子三个女儿，把日子过得像豆腐一样踏实。早些年，东阳坊间有语，豆角落苏零工菜，天萝豆腐先生配。豆腐，那可不是一般的人能吃上的。小时候，我老想，她家的孩子多幸福啊，天天都能有先生的待遇。母亲看我们嘴馋，有时会在过年前做一淘豆腐，只是做得有些老，不像人家做得嫩。听说如今的她，一般一天做一淘豆腐，有时做两淘，依然要喂几头猪。

在那旧房子的一角，我看到了一盘早已弃用的石磨。早些年，浸泡后的黄豆都是用石磨磨豆浆。石磨上扇居中有一个磨眼，两片磨盘间是一圈一圈的石齿。一人推磨杆，另一人将浸泡得胖胖的、软软的黄豆添上磨。转一圈，添一勺；转一圈，又添一勺。浸泡过的黄豆一点点进入磨眼，随着磨盘与磨底发出的"吱吱"声，磨底四周就会流出白白的豆浆,"吧嗒吧嗒"掉落盆中,像在诉说着寻常日子的小幸福。

这次伯母刚好要做第二淘豆腐。她已经将黄豆在豆浆机里打好,倒入一口大锅。这锅,直径有两尺六,故名"两尺六锅"。以前有土灶的时候,我家也有一口,过年的时候用来煮猪头、鸡、鸭、糯米肠。

"您怎么不安排个家人,打打下手?"我大声地问。伯母好像没听见一样。她很少说话,也许是听不见,也许是专注于她的豆腐。在我想来,做豆腐是烦琐的工程,起码要两三个人配合才行,没想到上了年纪的她还能一个人顶几个人。

等到大半锅的水烧开,伯母就将豆浆倒入水中,开始煮起来。先用大火烧,再改为小火。等豆浆烧沸后,再烧上五分钟左右,此时用木勺轻轻搅拌,如果木勺没有沾上豆浆,就表明豆浆已熟透。只见她利索地支好"井"字形的豆腐架,放上淘箩,将一块方形的粗纱布——也就是豆腐包袱,抛在淘箩上,形成一个大网兜,然后将熬好的豆浆一瓢一瓢倒入豆腐包袱中。伴着"哗哗"的声音,豆腐包袱下的豆腐桶里就是纯豆浆,豆浆下层沉淀物就是豆腐渣了。为使豆浆不浪费,伯母用夹板夹住豆腐渣,挤出残留的豆浆。她小小的身子仿佛有着无穷的能量。奶白色的汁水在她双手的挤压下,纷纷溢出。挤剩的豆腐渣拿来喂猪,猪吃了长得特别健壮。这玩意,看起来粗糙,却是个好东西。在城里,很多农家乐将豆腐渣做成一系列食品,豆饼、面食、小炒等等,听说营养丰富还能刮油去脂。

俗话说:"一物降一物,卤水点豆腐。"伯母将纯豆浆倒入锅中,加热之后,就拿铜瓢点卤水。这是有技术难度的一环。卤水少了,豆腐太嫩，甚至结不成豆腐花；卤水多了，豆腐太老，吃起来口感差。伯母用铜瓢按顺时针的方向，一层层往下加，直到豆浆生出了一朵朵云，一团团雪。它们，便是豆腐花。水越来越清，豆腐花越聚越多。伯母拿过来一个瓷碗，盛了一碗豆腐花，再加了一点生抽和小葱递给我。热气氤氲，白莲绽放，美味扑鼻。

点浆后初步凝固的豆腐花，要静置二十分钟左右，这叫胀浆。胀浆后的豆腐花，既水嫩又有韧性。趁着豆腐花静置的时间，伯母已将豆腐架放置平稳，摊好豆腐包袱，使之内壁服帖，四边贴于沿口处。然后，她舀起热热的豆浆水，一遍遍地淋豆腐包袱，以防豆腐花粘连。接下来就是压豆腐。老人家将豆腐花一瓢瓢舀到摊好豆腐包袱的木框里，轻轻提起豆腐包袱的四角，小心地摇晃几下，使之高低持平，然后从豆腐架的四边起，依次把豆腐包袱平整地收紧，将豆腐花全面包住，再取过一边的砧板、钵头压在上面。

此时，这位豆腐达人终于直了直腰身，松了一口气。

我说道："做豆腐蛮辛苦的。这样的年纪了，也该歇歇了。"她依然很大声地说："也没觉得多辛苦。人闲着就不舒服。这么多年习惯了。"

过了一小会儿，也就十几分钟吧，伯母拿开钵头，解开豆腐包袱，一淘白花花的豆腐呈现在眼前。她利索地用菜刀横竖划上几道，豆腐就成了可爱的小方块，可以开卖了。她看着我，很霸气地说道："这次只能用钱买！"我取出两枚一元硬币，她装给我好大的一块豆腐，对我浅浅一笑。

那诱人的美味下，分明是一种柔软而骄傲的情感。

三月韭菜

三月,是属于韭菜的季节。

经过一个冬天的酝酿,韭菜从地底汹涌而出,蓬勃向上,热热闹闹。它们仿佛是蓄谋已久的小怪兽,潜伏于暗处,只待春天的信号一发,就呼啦啦往外冲。

只需一把土,韭菜就能安家,无论那是一个小花盆,还是院子的小角落;只需种上一次,韭菜就会给你一年又一年的回报。

韭菜的根团团簇簇,俨然一个亲密的大家庭。将它们换茬,只需将老根掰开,再一一埋进土坑,它们就会迅速繁衍出新的家庭成员。韭菜们一排排地站立在土地上,像"韭"字一般,一丝不苟;像规规矩矩的小学生,书写着横平竖直。

冬风里，韭菜萎落成泥，看起来毫无生命的迹象。其实，韭菜深谙厚积才能薄发的道理。它们似乎从来不着急，也不屑与寒冷死磕。很多时候，退一步就能天高地阔。内敛，是为了更好地张扬。

当河水发出解冻的声音，柳梢长出嫩绿的新芽，韭菜就开始唱响自己的青春故事。它以春风为笔，细雨为墨，土地为纸，一落笔就是满满的一页，不用停顿，不用涂改，流畅得像丝绸，还闪着光泽，点亮无数的眼眸。

彼时，我总爱蹲下来，看看它们。碧绿碧绿的颜色映入我的眼底，淌进我的心里。我忍不住抓起韭菜，贴着地面齐整整地割下，"唰唰"声像幸福的音符在跳跃，惹得枝头的樱花、桃花"扑哧"一声，笑落满地。

韭菜，割得越勤，长得越快。不过，倘若用菜刀、剪刀之类铁制工具，韭菜就会越割越细。韭菜和人一样，也是有脾性的。割韭菜用蚌壳之类的比较合适。有一段时间，我准备了好几个河蚌的壳放在韭菜的边上，以备随时取用。可惜蚌壳太薄，经不起阳光的暴晒，容易破损。后来用上了鲍鱼壳，小巧、硬实，特别趁手。割了一茬的韭菜，要不了几天，就能长出新的一茬。韭菜，一茬接一茬，你方唱罢我登场，多么像人生的希望，只要根在，就会绵延不断。

在乡间，韭菜是有故事的。有人误食了某物，担心拉不出体外，就把整株的韭菜蒸了吃下，第二天就能眉头舒展。难怪韭菜也叫长生韭、起阳草，被誉为"三月第一菜"。妻子想让丈夫勤快点，就炒上一盘韭菜，表达自己对丈夫结结实实的爱意。有客突至，只要家里有韭菜，就不用太慌乱。

韭菜是随和的，它一般不喜欢独来独往。韭菜最爱的，是鸡蛋。韭菜和鸡蛋，性情相投，颜色相衬，营养互补，简直是天造地设的一对。打好鸡蛋，切好韭菜，只需一两分钟，一盘绿得晶莹、黄得灿烂的美食就出现在你的筷子下。手指轻轻一动，鸡蛋的滑嫩伴着韭菜的醇香，开启了一份简单的美好。

生活就是这么简单。简单到只是一盘几分钟就能搞定的韭菜炒鸡蛋。

坊间有言，生葱熟韭。韭菜一般不直接做菜蔬最后的点缀，它要经历水与火的历练，才能施展最大的魅力。蒸鱼的时候，取一把韭菜，中间切上一刀，搁在盘底，再放上鸦片鱼或鳗鱼等，蒸出的鱼更软嫩。素朴的韭菜，以最低调的姿态，给了鱼香更大的发挥空间，如此，滋味才能丝丝入扣。

清风剪剪，春色融融。三月的韭菜，孵化出一个盛大的季节，以及生生不息的希望。

春食瓦罐鸡

中华美食，是中国对世界的伟大贡献之一。中华美食中，首推的又是鸡汤。这种鸡汤自然是用瓦罐煲的鸡汤。东阳瓦罐鸡，2006年就获得了"中国营养金牌健康菜第三名"的殊荣。

要做一道瓦罐鸡，首先要物色品质优良的鸡。炖鸡和烧鱼一样，如果原材料不好，纵使厨师使出浑身解数，也是不济事的。如果是一尾清水野塘里的鲫鱼，任你清蒸还是红烧，都会鲜美无比。因此，鸡要选养了一两年的农家土鸡，而不是天天吃添加剂，两三个月就长大的肉鸡。当一只鸡，啄着虫子，吃着粗粮，沐浴着阳光，在大树下、在草丛里，和同伴奔跑嬉戏，它是多么快乐，多么自在呀。

但买鸡的人，常常看不到鸡生活的环境。有经验的人只需看一眼，就知道这是不是一只速成鸡。那一眼落下的部位，是鸡的脚趾。一般的鸡长的是四个脚趾，但时间长了，就会在离其他脚趾两三厘米处，长出第五个脚趾。

有了农家土鸡，还要有钵头。美食和器具永远是知心姐妹，高压锅煮的鸡和钵头炖的鸡，味道就是大不相同。做一道瓦罐鸡，要准备两个钵头。小钵头装鸡肉，大钵头罩住外面。钵头在东阳的农家，几乎家家都有。杀鸡时，往往把沸水倒在钵头里，再把鸡放进钵头，拎起一只鸡腿，在沸水中转动，使鸡毛全部入水。这样就能三两下褪去大部分鸡毛。钵头是用黄金泥（又叫红缸泥）烧制的。等坯弄好，变干了，就上釉。早先窑厂里的人把岩石敲碎，和水搅拌成很糊的粥状，把它们舀到大头缸里，再把干了的钵头坯拿到大头缸的釉水里快速地转一下，拿出，放在太阳下晒干。晒干后再拿到窑里烧制。这样的钵头，好看又耐用。

做一道纯正的东阳瓦罐鸡要将"厨房"移在门口。搁一只木炭炉，放上一口大锅，大锅底部放三片碎瓦，再放进小钵头。小钵头里自然是剁成块的农家土鸡，配以汆过水的金华两头乌的仔排，加入切成大片的老姜和沉缸老酒，最上面放鸡心、鸡肠等内脏，再把大钵头稳稳地罩上。农家男主人还会把鸡内金放在大钵头上。两三个小时后，能健胃消食的鸡内金贴着热腾腾的大钵头变脆了，"嘎吱"一声，几嘴就下了肚，带着一点苦味和香味。

此时，小钵头里的鸡肉已然入味。你会明显感觉有微风吹过。风里牵着一根线——不，是一团。它们乘着风到处游走，钻进发梢，吹进院子里，占领每一个角落。

你似乎看见春天新嫩的叶子一点点爬上枝头，听见一声声鸟鸣溅起朵朵水花，你所有的感官都告别了慵懒的状态，迅速苏醒。

你急不可耐地用两方毛巾贴住烫手的大钵头，将它端到地上，然后小心翼翼地将小钵头端上桌。只见里面还在"咕咚，咕咚"地冒着泡，那鸡肉黄黄的，发出诱人的光泽。撷起一块鸡肉品尝，一点儿也不柴，和你想象中的绝顶美味完全合拍。更好喝的还是鸡汤。此时的鸡汤，已经汇聚了鸡肉的精华，喝上一碗，你的眉眼和胃全都打开了。

同时打开的，还有你对生活、对家乡这片土地的爱。

河蚌肥

小时候，父亲承包了一口池塘。干塘后，父亲会从淤泥里摸出宝贝，有时是乌鳢，有时是黄鳝，更多的是河蚌。

那河蚌，用脸盆盛着，满满的一盆，看看都觉得霸气。

一个个河蚌清洗干净后，养到大盆里。河蚌的外壳坚硬，带着一圈一圈好看的花纹，像美丽的梯田，浓缩在一个可以移动的世界。河蚌遇见清水，就像树苗遇见泥土，自然而然地亲近。它们张开硬壳，把土黄色的身子探出来，慢慢地爬行。河蚌们宛如顽皮的小孩，把壳打开又合拢，合拢又打开，还往上喷射细小的水柱，仿佛在表演倒着下雨。仔细听，像是淅沥沥的雨声，火把一样点亮乏味的日子。

我忍不住用手去触碰河蚌那柔软而黏腻的肢体，它受了惊吓般，倏地缩了回去。看着河蚌，我总是幻想着里面会有珍珠。河蚌有一个神奇的身体，我们的骨头长在肌肉里，河蚌的硬壳却包着肌肉。它还能用柔软的肉体含着沙石，在日复一日的煎熬中，幻化出圆润美丽的珍珠。我却一直不曾找到河蚌里的珍珠。

彼时，家里养了一只通体白色的母鸡，会开门，爱黏人，还特别爱吃河蚌。只要父亲开始剖河蚌，它就静静地等在一边。父亲左手拿起河蚌，蚌口朝上，右手拿着小刀，从河蚌的出水口，紧挨一侧的肉壳壁，刺入三分之一的部位，用力刮掉吸壳肌；再抽出小刀，用同样的办法，刮掉另一侧的吸壳肌。如此，蚌肉就完整地亮相了。

此时，我总是问："有珍珠吗？"白母鸡则用圆溜溜的眼睛盯着父亲，仿佛在说："给我好吃的。"父亲熟练地摘下薄薄的裙边和蚌肉之间的两片，丢给母鸡。那是河蚌的腮。腮的旁边是管状的肠子，一端连接蚌体，一端连着柱状斧足，父亲也一把撕下，扔给母鸡。然后，父亲顺着蚌体向掐断肠子的洞口轻轻挤压，把残余的泥沙排干净。

"有珍珠吗？"我继续问。"产珍珠的叫珠蚌，和我们这个不一样。"父亲说。其实，他已经回答过很多遍。可是，我依然对每一个河蚌存在幻想。这份幻想，像一旁呜呜叫的水壶口升腾的水汽，与我野兔一样奔跑的渴望糅合，凝聚成一股水，淌过一个个瘦弱的日子。

有河蚌吃的日子，连空气都变得幸福起来。河蚌炒辣椒，十足的辣味带着河蚌的鲜嫩，暴风一样席卷了一切，从舌头一直抵达肠胃，心情也从愉悦到了狂喜的状态。

贫瘠的时光里，河蚌烧得再粗糙，都是至上的美味。

如今炒河蚌，没有几把刷子，是烧不好这道菜的。烧不好的河蚌，会有一股土腥味，肉质坚硬，咬得牙齿都想生气。

炒河蚌要选蚌壳紧闭的青壳蚌，在加了盐的清水里养两三天。河蚌吐尽泥沙后取出，用食盐反复搓洗蚌肉上的黏液，再用清水冲洗。然后用木质工具反复敲打河蚌肉的斧足部分，把那圈厚厚的边敲松散，直到肉质细腻柔软。无论是什么做法，都要用旺火，减少河蚌肉的受热时间，才能更好地保持肉质的鲜嫩。

端午前后，来一盘河蚌豆腐，能鲜得你重新思考人生。

满垄绿芽迎春风

老家西边的山坡上，有一片茶园，是我童年时的一个去处。

三月的风一吹，茶园就从袅袅的云雾中苏醒。满山滑黏的黄泥土，勾勒出山坡柔和的线条，一垄垄茶树像姑娘美丽的脊背，舒展出春天脉脉的温情。

茶园的西边，有一条渠道。渠道的一侧有很多的栗子树，枝干粗壮，枝条如盖。我无数次地幻想，爬上最大的那棵栗子树，敲下一颗颗大大的栗子，砸开满是刺的圆球，取出饱满的果实。然而，这个念想一直都没有达成。

我家有五垄茶树，就在长满栗子树的渠道边上。清明前后，茶树开芽爆节，母亲就会拎个竹篮去茶园。此时的茶叶娇贵，母亲舍不得我动手。我不过跟着图个新鲜、看个热闹。

渠道边的栗子树还是和以往一样沉默。它长栗子的时候，我没来；我来的时候，它只长叶子。茶树矮矮的，一丛丛排列有序。淡黄的嫩芽从深绿色的茶丛中探出来，像孩子调皮的眼睛。它们小小的，窄窄的，一条梗上就长一两片，风一吹，仿佛鸟儿昂起头，翕动着小嘴巴在唱歌。

母亲采茶从来不带凳子，茶树矮，她一直俯下身子采。母亲以她虔诚的姿势，采下三月的嫩绿，采下初春的希望。竹篮里一点点添加的小嫩芽，是母亲贫寒日子里的祈盼。

母亲说，茶叶采得好，质量才会好，茶树也会长得好。我学着采了几下，给母亲看。母亲说，你这是掐茶叶，采茶怎么可以用指甲？母亲的声音里，全是对茶叶的心疼。我感到有些失落，就收了手，把刚掐下的芽放进嘴里，一股清香带着微苦在口腔里盘旋。

没事可干了，那就看看天空、看看茶园吧。茶园的天空总是那么蓝，蓝得像童年的眼眸；山坡上的茶树，总是那么多，多得像满山的石头，吼着一首首绿色的歌；茶园的空气总是那么甜，甜得像什么呢？我深深地吸了一口，感觉它们像一尾鱼，滑进我的身体，丰润得似乎带着水汽。

采茶就像打仗，要和节气赛跑。有时，今天的茶叶和昨天的茶叶会相差一重重山。清明时节雨水多，下再大的雨，母亲也要披着蓑衣戴着斗笠出去。等谷雨一过，姑娘就长成了媳妇，茶叶的口感和身价

自然就一落千丈了。

"春山谷雨前，并手摘芳烟。绿嫩难盈笼，清和易晚天。"谷雨前的茶叶，肥硕柔软，每一芽都是明亮鲜活的，每一片都很轻盈。它们细细小小的，捧在手里也感受不到它们的重量，一天也采不了多少斤。如果制成干茶叶，一天能有一斤算是很不错了。母亲珍爱它们，每次采前都会认真洗手，换上清爽的衣裳。

晚饭后，母亲就会和父亲一起制茶。制茶要两个人配合。一人添柴火，一人铲铁锅。铲子均匀用力，不停地顺时针翻炒。新嫩的茶叶慢慢褪去了青青衣裳，随着不断地被翻炒，茶叶炒熟了，父亲把它盛到小畚斗里，倒在干干净净的大案板上。母亲就开始揉茶了，她在小小的茶叶里，揉进了情，揉进了爱，揉进了时钟的嘀嗒声。茶的汁水慢慢地揉出来，一梗梗茶叶揉成细长型。揉皱之后再分拣、回锅，以去除水分和涩味，这叫倒青。回锅时，母亲直接用双手按在茶叶上，在热锅里移动。此时，空气里弥漫着茶的清香，吸上一口，仿佛站在茶园的蓝天下。

三次倒青后，母亲把它们放到铁筛上烘。那是父亲特制的大筛子，一根根细铁丝密密地织出幸福的经纬。它圆滚滚地被放在去了锅的灶台上，像一轮太阳降落凡间。

圆圆的铁筛上是母亲均匀撒开的茶叶，铁筛下是去了明火后，需要不断添加的炭火。母亲为了一遍遍地烘茶叶，没法睡一个安稳觉，但她的内心是安稳的。一筛子的好茶叶，是春天送给母亲的礼物。

次日早上，茶叶褪去青葱翠绿的样子，锤炼出一身的干脆香浓。

母亲拿出事先买的塑料袋，开始装茶叶，谁二两，谁三两，母亲早在心里列好了名单。一个个夜晚，母亲把这些名字念叨了很多遍。家里经济拮据，再加上弟弟常年生病，对帮助过我家的人，母亲不知

夹岸桃花蘸水开
秋珍 画

煮春天的鲜

道拿什么来表达谢意,清明茶和谷雨茶自然成了很好的选择。

谷雨过后,迎候母亲的是一种带梗的老茶。再也没有一芽一叶和一芽二叶的茶叶采了,母亲递给我一只小竹篮,允许我一起采茶叶。"采下的茶叶托蒂部位不能带老叶,要从茶树最底下采到枝梢尖,不能有遗漏……"母亲说的话我却总也消化不了。一棵茶树,我没采上多少,就觉得没有茶叶可采,换了另一棵。等我采了三四棵茶树,母亲还在采第一棵。采茶总是在重复单调的动作,没有一点新意。没一会儿,我就感觉脖子、胳膊、腿都很酸,没有一个部位舒服。侧头看母亲,她的动作快速又规范,好像有采不完的茶叶以及用不完的热情。

傍晚回家,母亲采了一大篮,我采了一小篮,还要母亲再全部挑一遍,择出老叶扔了。

采回的茶叶烘干后,大多由父亲拿到集市上去卖,以贴补家用。母亲烘制的茶叶经历火的锤炼,保留了茶的清香。许多人家制茶为图省力和省成本,最后一环改为太阳晒。晒干的茶叶绿莹莹的,比烘干的更好看,但喝起来一股青草味。不懂茶叶的人往往被外表迷惑。父亲卖茶叶回来,常常会感慨人家晒出的茶叶居然比烘干的价格要好。但是,母亲和父亲依然坚持烘茶叶。"茶叶迟早会遇上真正识货的人。"母亲说。

每次制好老茶,母亲都会留一点给父亲喝。此时的茶叶,不如谷雨茶,在水中鲜活得如同枝头再生。但父亲说,老茶有劲道,好喝。冲入开水,一小撮老茶在浓浓的滋润中涅槃成蝶。它们伸展开翠绿的身姿,畅写着春天的色彩。父亲不喝酒,不搓麻将,就喜欢喝茶。看着母亲做的茶叶在水中苏醒、嬉戏,父亲的心一定是平静而欢喜的。小小的茶叶,历经四季的风雨,品尝生命的真味。父亲喝茶,也许喝的是他一路咀嚼的甘苦吧。母亲看着父亲喝茶陶醉的样子,说:"等条件好了,一定让你尝尝清明茶。"

然而几年后,茶园因为甬金高速公路建设被征用,永远地消失了。母亲的承诺,再也不可能实现了。那条长满栗子树的渠道,那一垄垄的茶树,像当年茶园上空的云雾一样,飘忽不见了。

跟着老爸种芦笋

整个村庄，只有一个地方有芦笋。那是我老爸的作品。

芦笋是高贵的蔬菜。早先我是在宾馆里吃到的。它被斜斜地切成条状，泛着翡翠一般的光泽。

走进东门菜市场，那一小把一小把扎得整整齐齐的芦笋，宛如一杆杆毛笔在等着评估。我试着问其价格，那个数字倏地挑起了我的眼皮。我摆出不喜欢的样子，挪开脚步。一旁的老爸说："这个营养好，我们可以自己种。"

后来，我真的吃到了芦笋。没有菜市场上的壮硕，但新鲜得像一分钟前才掐下来。老爸的身子弯成了七十五度，看着自己种出来的芦笋问我："味道怎样？"

"好吃。"我一边吧唧嘴,一边回答。老爸松了一口气,站直了身子,说:"我种了半畦呢。"

村里人看着老爸的芦笋,很是羡慕,却没有一人能种成功。

老爸这人,对动物,对植物,都有特别的感情。小时候,他养的羊能听懂他的话;他养的鸡,会开门、关门。无论种什么,他都能种出门道来。他不会玩手机,不会查资料,就爱自己琢磨,在实践中找到最合适的方法。

可是,自从得了帕金森病,他的行动越来越迟钝。天冷的时候,他一整天都躺着,没有能力站起来;说起话来,舌头像被石头挡着,无法舒卷。

"我也想种芦笋。"终于,我向老爸开口了。

我没有土地。乡下的小院种了一点花草和寻常的菜蔬。我觉得老爸的种菜秘诀需要有人继承。我的请求,老爸没有不同意的。

因为生病,老爸发音吐字还是很艰难。有时,他一句话重复了三四遍,我还是没听明白。他努力地讲,我努力地听。我的芦笋将在这场对话后横空出世。

小院的一小块地被腾出来,把泥土深锄以后,将沙和土按比例混合,然后把老爸培植了多年的芦笋连根挖起,搬进新的领地。

芦笋高高地昂着头,密密的枝叶层层叠叠、挤挤挨挨,像极了微型的竹林,更像文竹的双胞胎兄弟。枝条旁逸斜出,枝节处开出白色的小花,形如很久以前乡村校园里敲的钟,或一朵,或一丛,星星点点,像在绿丛里眨巴着眼睛,又像在风中敲出的钟声。没开的花骨朵,小米粒大小，它们一个个伫立在枝条的高处，俨然杂技演员在自我陶醉，自己是自己的观众，每一个小苞都是主角。

我常常站在芦笋前发呆。从来不知道，芦笋可以长这么美。我忍不住伸出手去抚摸芦笋的叶子。针状的叶子密密汇聚，仿佛孔雀的羽毛，柔软细腻。偶有白白的芦笋冒出芽来，我也舍不得采。第一年的芦笋，能适应新环境就不错了。

我是懒人，喜欢一劳永逸的植物。我种的母亲花、韭菜、败酱草、马兰头等，都只需种一次。"芦笋也是贴心的植物。"老爸告诉我，"只是过冬要给它穿棉袄。"

起霜前，老爸安排我们带走黄豆梗和黄豆壳，把它们覆盖在剪去枝条的芦笋上，再盖上一层土。整个冬天，那一小块曾经热闹的土地，变得冷冷清清。

当楼顶的迎春花飞下黄色的花瓣，芦笋还在睡觉。我有些心急，忍不住蹲下身，用食指去抠泥土探个究竟。突然，我看见了一粒白胖胖的芽儿。啊，是芦笋！它一直在地底下努力生存！

一周后，芦笋由白变绿，直直地挺立在还露着零星黄豆壳的泥土上。此时，剪下它们就可以做一道菜了。

我喜欢把芦笋拦腰切一两下，保留它原先的粗细，也更能保留其本真的滋味。入锅前，先下几片农家腊肉，再放一两个切成条的新鲜红辣椒。芦笋易熟，不用合上锅盖，等它绿得发亮，在暗红色的腊肉和火红的辣椒中，舒展出柔软的身段，就可以起锅了。

在明媚的春天里，吃一盘自己种、自己炒的芦笋，真是奢侈的享受。

走过冬天便是春

雨后岩石衣

雨,一直下。下绿了春草,下肥了地衣。

地衣菜,又名地木耳、地踏菜、天菜等。家乡人谓之"岩石衣"。

惊蛰前后,春雷涌动,淫雨霏霏,岩石衣施施然苏醒,把自己打扮得丰盈迷人,轻轻地倚靠在岩石坚毅、阳刚的肩膀上。

家乡西楼东边的村口,有一个满是岩石的矮坡。一下雨,矮坡就焕发了青春。一大片一大片的岩石衣懒懒地歇在岩石上,像在做一个浅浅的梦。梦中,仙女长袖挥舞,撒下大把大把的木耳种子。种子落在岩石上,激起了绿色的星子。星子"噼啪噼啪"溅落一旁,化成一款款墨绿色的衣裳。雨天,岩石衣舒展身姿,滋润着一寸寸目光，牵拉着一双双路过的脚丫；晴天，岩石衣皱巴着衣裳，消瘦成蝉翼的模样，低调地入睡。任风吹，任脚踩，安然若素。

母亲告诉我，闹饥荒时，岩石衣是救命菜。确实，岩石衣无须施肥，无须打虫，无须浇水，是大自然慷慨的馈赠，谁都可以享用。有人说它是低贱之物，但岩石衣低贱的生命里，有高贵的灵魂。

我，偏爱这又低贱又高贵的岩石衣，把它当作尊贵的客人请到了家里。

说它是客人，却不用当它是客人。野外采来的岩石衣，把它丢在阳台上、水池边，它会好脾气地把他乡当故乡，枕出一个个旖旎的梦。雨天，它贪婪地吸吮着水汽，一袭裙装撑起暗绿色的春光，煞是好看。晴天，它紧紧贴着岩石，把自己乔装成黑色的精灵，不羁、落寞，有着几分酷帅男孩的气质。

很久以后，一个春雨绵绵的日子，我走上阳台，一地的岩石衣扑眼而来。恍惚间，我觉得它们一直不存在，只是突然之间，就华丽丽地登场了。我蹲下身子，拿起一片岩石衣，它居然比我的手掌还要大，还要厚。我只想欢呼。从来没有见过这么丰厚、这么富足的岩石衣。它被迫接受了迁徙的命运，爱上这水泥浇筑的平台，这是何等的深情啊。捡了几片岩石衣，把它们放在水盆里清洗。野外采的岩石衣，粘着不少沙粒、草屑。清洗岩石衣是一项费时间的事情。岩石衣细小，草屑也细小，清洗干净需要半天时间。清洗岩石衣往往要准备两个脸盆，装满水，用筷子把岩石衣一片一片地从这脸盆夹到那脸盆，一直反复几十个回合。当然，自己养的就大大不同了。它长得敦厚，又没有车辆碾压和双脚踩踏，只需清洗几遍，就变得清清爽爽，像小姑娘梳洗妥帖，明眸回转，楚楚动人。

　　要吃上我养的岩石衣，是需要缘分的。假如你在艳阳高照时来做客，就只能看看岩石衣酣睡的背影。岩石衣可以凉拌，入开水焯一下，沥干水后，加入麻油、细盐、葱白、葱青以及腌制的红辣椒，轻轻地盛到白瓷盘里。此时，色彩斑斓的岩石衣宛如盛装出席的美人，只看一眼，就陷入爱的旋涡。岩石衣还可以做汤，煮鸡蛋汤时加一点，喝起来鲜鲜嫩嫩的，美味可口。我最爱做的是炒岩石衣。取一点金华火腿，切成小粒，热油炒出香味，加入大蒜、精盐、番茄丁，再倒入岩石衣翻炒几遍，就可以出锅了。

　　几年前，我在云南的超市里见到了晒干的岩石衣，翻来覆去地看，终是没有买。听说这种岩石衣像树叶一样硬邦邦的，且不好清洗。一方水土，养一方美食。家乡的岩石衣，才值得我痴情一生啊。

煮春天

"那一簇簇的红,是什么植物?"兴奋的声音滚过山坡。

"是乌饭树,叶子可以吃。"姐夫回答。

香风摇影的四月,作协组织我们去登三单乡的芭蕉尖[1]。姐夫是土生土长的山民。在他的介绍下,我们一路认识了很多植物。

抬眼望去,一团又一团的红,像一朵朵火红的云遗落人间。满山响着勃勃生长的声音。

那些新长出的叶子俨然点燃了一把火,正

---

[1] 芭蕉尖:地处三单乡钱溪村章磨、西佑自然村,与佐村镇香溪毗邻,海拔 764 米。因形如芭蕉扇而得名,也称为"芭蕉扇",古人称之为"圣山""灵山"。

在灼灼地燃烧,从叶尖向叶蒂蔓延出满枝头的明艳,像炽热的眼神在枝叶间流转,柔柔地拉住了我们的脚步。

一丛丛新嫩的红啊,多像"我爱你"的一声声呼喊。

小时候,我曾痴痴地爱着你——乌饭树。

乌饭树,又名南烛。在我的老家,村庄北边就是一座山,因山顶上光秃秃的不长草木,俗称"和尚山"。每年秋天,紫色的南烛果子,像鸟儿一样一群群地歇在枝头。孩子们三五成群地上山,猎狗一样地搜寻美食。一旦发现一处南烛果子,就会一拥而上,先摘下最大最甜的往嘴里塞,再折下枝条拿手里,继续寻找下一个目标。鸟儿一样密匝匝的南烛果子被惊扰、被赏识,它们跟着孩子们继续行走在山里,穿梭在一丛丛的灌木间,直到孩子们拿着它们回家,这个一枝那个一枝地分享。

彼时,时光静好,一颗颗南烛果子被孩子们"哐吧哐吧"地咀嚼。有的南烛果子还泛着青,带着酸,怕酸的孩子眯着眼吃下,不忘迅速摘下第二颗。性急的孩子干脆把整个枝条往嘴里送,一口就消灭了好几颗。酸酸甜甜的汁水游走于全身,幸福着每一个细胞。

在我的记忆里,似乎只有南烛果子不是一颗一颗采摘的。它们总是被一簇一簇地折下,"咔嚓,咔嚓",带着乡野的粗犷气息。生硬而野蛮的摧折并没有削减南烛生长的热情,来年秋天,它们又长出了茂盛的枝条,结出了一簇簇绿莹莹、紫嘟嘟的果子。

后来,家里种了几棵蓝莓,和南烛简直一模一样,只是果实大了两三倍。我把南烛果子称为"野蓝莓",也很少去村后的和尚山了。

一直不曾留意南烛的叶子。只记得它四季常绿，无论什么时候见到它，总是矮矮的一丛丛，叶子是粗糙的绿色，和路边寻常的灌木没什么区别。

不曾想，南烛新长出的叶子是这样娇，这样艳。

我们呼啦啦过去掐叶子。拇指和食指轻触红叶的嫩茎，新嫩的汁水仿佛在茎内低吟。这姿势这动作，配上一首《采茶曲》，一定能把南烛叶上空的白云吸引过来。

"把叶子捣出汁水，将过滤出的汁液浸泡糯米一个晚上，就可以做出乌饭了。吃乌饭，能让头发变黑，眼睛变亮，还能防止蚊虫叮咬。"听着姐夫的介绍，我不自觉地去看他的头发，黑黑的，没一丝白发，莫非就是乌饭的功劳？

我的头发，曾经如黑瀑布。如今，我总是把它扎成马尾，不敢披肩垂腰。那不知什么时候冒出的白色，以岁月的名义蹂躏了我的爱美之心。

在这个远离喧嚣的芭蕉尖上，心里有一颗芽悄悄萌发了。我决定晚餐就做乌饭。

乌饭、青精饭的名字，多次出现在诗人的吟咏中。陆龟蒙有"乌饭新炊芼臛香，道家斋日以为常"之吟；皮日休有"青精饭熟云侵灶，白袷裘成雪溅窗"之咏；陆游有"午窗一钵青精饭，拣得香薪手自炊"之句。我写不出动人的诗句，但我有厨房里的慧心。没有捣臼，就用豆浆机；没有过滤的纱布，就用淘米篮；没有糯米，就用粳米。我把过滤好的热气腾腾的黑汁水取出一部分，用来浸泡粳米，其余的等冷却后放冰箱。十分钟后，我按下了电饭煲的煮饭键。

此时，我的心里是忐忑的。我把八小时浓缩成十分钟，我的乌饭能煮成吗?

  当我打开电饭煲，疑虑瞬间消散。独特的清香扑鼻而来，黑亮的米饭又糯又软。每一口，都盛满了春天。

第二辑

吹

夏季的风

吹

往山林深处看,一层一层,没有尽头。山的邻居是山,山的远处还是山。我从来不敢去涉足。

田螺煲

周末邀亲友聚餐，田螺煲是我的首选。

田螺煲，一年也难得做一回。不是它不对胃口，实在是有些烦琐。

田螺需头一天去菜市场选。当天买当天吃，田螺体内的泥土不容易吐干净。选田螺有讲究，要轻轻地挑选，就像挑选容易被惊扰的心肝宝贝。手脚动静太大，田螺们都吓得缩回触角了，就无法准确识别哪个更新鲜。田螺的壳很薄，磕出小洞的，不考虑。不是青色，黑乎乎且长毛的，往往不易清洗，也不考虑。

买回家的田螺，养在盆子里。可以倒点淘米水，可以滴几滴菜油，也可以放一把铁剪刀。这样做，田螺体内的污泥容易吐干净。为去腥味，也可以放一瓣大蒜。

田螺遇上水，慢慢地就会伸出触角。两根触角中间还有一块特别突起的肉。从侧面仔细看，那是它的嘴巴。时间久了，不去干扰它，它的身体就会越伸越长，好像顽皮的小孩儿在探头探脑，那伸出来的肉厚厚实实，居然有三四层，离身体近的呈白色，远的是青色。那个顶在头顶的盖，俗称螺盖，外圈淡红色，里圈黑红色，整体来看，很像一只眼睛。一圈圈螺纹也像我们手指的指纹。活泼胆大的田螺还会顺着盆壁攀爬而上。不过，只要你稍稍一碰，它就会含羞脉脉地合上盖，迅速躲藏起来。

初夏买田螺，还有惊喜。养上一两个小时，盆壁和盆底就会出现一些小田螺，有的还歇在大田螺的身上。它们一个个细小如粟，体态透明，带着螺壳缓缓蠕动。大田螺除去最上方那部分，一般有四圈螺纹，一圈比一圈大。小田螺虽小，竟也有螺纹，真乃浓缩的精华，非常可爱。我小心地挑拣出它们，养到水池里。也许，它们会长大，也许会被鱼吃掉，但寄予希望总是好事。

次日，买一小块新鲜的前腿肉，给田螺配馅。把肉切细碎后，就开始剁。横着剁，竖着剁，翻着边剁。动作单调重复，前腿肉在"剁剁剁"的声音里，渐渐变得柔软。然后配上细盐、生姜、大蒜、料酒、生抽等，继续剁，直到所有的配料都均匀地剁进肉馅，各种调味料的味道完全融合。看到这里，也许有人会问："干吗不用绞肉机啊？省时省力。"在美食面前，如果你图省时省力，只能收获庸常的味道。我从来不用绞肉机，从来不需要打下手，凡事亲力亲为，把自己对菜

三伏西瓜甜

"卖——西瓜！"夏天一来，街头巷尾总能听到这样的吆喝声。第一个字拉得很长，声调高高昂起，在空中足足走上三拍，后两字短促有力，一拍定音。

大姨种西瓜。梨子、甘蔗、香瓜、包菜等，她都种，一种就是一大片。她没有文化，只知道向土地弯腰，以近乎虔诚的态度。每到西瓜成熟的时候，大姨就会叫我爸去拿西瓜。她呢，每天都去两三里地远的地方卖西瓜。大姨并不吆喝，她将西瓜放在三轮车上，歇在路边，车上搁一块硬纸板，上面写着："危险甜（方言，指非常甜），不甜不要钱。"

有时雨水太多，大姨的西瓜就会烂掉，烂

得很彻底。大姨除了感叹一番，毫无他法。庄稼人是靠天吃饭的。大姨于是更虔诚地伺候土地，更努力地培养儿子。

大姨的西瓜不大，吃起来却有别人家西瓜没有的清甜。大姨是个厚道的农民，做事从来一个萝卜一个坑。她种任何东西，都不会去玩那套狡猾的把戏。有一年，大姨种的西瓜一夜间成熟的全部被人摘走了，不成熟的也被肆意踩踏，不成活了。那只忠实的狗，被毒死在大棚外。大姨一连几天愁眉不展。但第二年，她依然种西瓜。

一到立春，大姨就开始在温棚里育瓜苗。绿油油的瓜秧很快爬满了田地，像一首嘹亮的歌，唱醒了每一株瓜秧苗。清晨，当露珠还在做梦，它们就开出淡黄色的花儿；中午，大姨趁着日头大，戴着一顶草帽拔草，花瓣仿佛见了难为情，悄悄合拢。在花瓣合拢前，大姨会对花儿进行人工授粉，一双粗糙的大手陡然变得柔软。

七月，西瓜纷纷成熟。瓜田里躺满了一个个圆滚滚的西瓜，敞着大肚皮在晒太阳。经常有三三两两的村里人在边上田地里干活，大姨就喊一声："来来来，吃个瓜。"

对方脸上淌着汗水，却犹豫着张望着，大姨继续喊："来来来！"说话间，大姨已选了一个大西瓜，扬起右手，使出巧劲一劈，那西瓜"啪"一声从顶往下裂开了去。成熟的西瓜，根本不用硬劈，它鼓胀着果肉和汁水，正等着被赏识呢。

几个人立马围拢过来，每人拿起一块就啃。手劈开的西瓜，模样粗野奔放，像山涧的溪水，没有齐整的形象，却唱着甜蜜的歌谣。鲜红的果肉、黑亮的籽粒、丰富的汁水，奔涌着、喧闹着进入喉咙。那份原生态的甜,带着沟渠边栗子果的狂野、麻雀的叽喳声,还有泥土的腥味儿、太阳的辣味儿,一股脑儿地席卷了庄稼人的身体。他们甚至顾不上吐出黑亮的籽粒,把肚子喂了个圆。

大姨满足地笑着。

摘回的西瓜,在运出去零卖前,大姨先这户那户地送瓜。一个村庄,就像一株西瓜藤,枝条纵横。那是情感的经纬线,每一丝,都值得呵护。

大姨的西瓜,被老爸的小三轮运到我家。老爸开始送瓜。他和大姨一样,有什么东西肯定先想到别人,还一再教导我们:"自己吃落粪缸,别人吃传四方。"老爸把他认为最好的瓜挑出来,一个个送人,留下一两个给我们吃。

说到挑西瓜,那真是一门学问。大姨自有妙招,她告诉我们:一是可以拍一拍西瓜听声音,西瓜发出"嘭嘭"的声音,里面的瓜瓤似乎在微微振动,那一定是又甜又沙的西瓜;二是可以看外观,瓜尾开花的地方收口小,"肚脐眼"凹进去,瓜皮的颜色比较深,就是好瓜;三是可以用手摸,如果瓜的表面不大光滑,就是成熟的瓜。

取得真经的我,总想一试身手。走过卖西瓜的摊,我会忍不住停下脚步,装模作样地开始挑选。弯曲右手指,这个拍几下,那个拍几下,心里暗暗叫苦,每个声音都一样,哪儿有什么"嘭嘭嘭"和"咚咚咚"的区别?再去寻找那个"肚脐眼",看来看去,像看同卵双胞胎。最后用手摸来摸去,直摸得手掌黑乎乎的,心里还是一团糨糊。卖瓜人的眼神像手电筒一样"唰啦"照过来,瞬间我感觉额头冒汗了,却生活就像西瓜的笑声，红红的，甜甜的。

秋珍画於天山梦城

故作镇定:"我家就住附近,一定要甜啊。不甜我马上来换。"然后捧起一个看起来顺眼些的西瓜递过去称重量。

晒得暖乎乎的西瓜,自然没有冰冰凉的好吃。那时没有冰箱,家门口的井就派上了用场。拿一只打水的木桶,将西瓜搁进去,把木桶慢慢放入井底,再用绳络固定,西瓜就妥妥地悬挂于这大自然的冰箱中。

晚上,一家人忙完农活,把木桶提出水井,木桶里的水洒在门口。然后,就是切西瓜了。取出案板,认真端详着西瓜,摸摸它的脑瓜尖,开始切瓜。就算切瓜人经验再丰富,切出的瓜也不可能片片均匀。此时,眼尖的总是孩子。只需看一眼,就能选出一块最中间的,籽少果肉肥的西瓜,开始了美美的享受。西瓜的汁水滴在衣服上可不好洗,于是,尽量把身子往前倾,弯成虾米状。每次,我都舍不得猛吃,总是一口口地慢慢咬,想尽可能地拉长幸福的感觉。

风徐徐地吹过,那片西瓜被我咬成了一个个小月牙,正微微地笑呢。清凉的笑声像夏天的情话,让我不由得闭上了眼睛。

可是,我分明看到了大姨三轮车上的西瓜,还有那块粗糙的硬纸板:"危险甜,不甜不要钱。"

神奇的丝瓜花

　　夏天的田塍,是丝瓜的宝地。农人早早将丝瓜苗一棵棵地栽在田塍边,每棵之间拉开两米的距离。栽好后,在丝瓜苗边上插一根松树枝,以防暴晒。然后给丝瓜搭架子、拉绳子,要不了多久,只有两三片小叶的丝瓜苗就会长成一堵超级立体的丝瓜墙。

　　如果田塍就在小溪边,那丝瓜就会长得特别快,特别壮,雪白的根须在水中一团团地飘着、游着,宛如一群爱凑热闹的鱼儿。

　　丝瓜喜水不喜晒。我曾经把丝瓜种在花盆里,旅游几天回来,原本长得好好的丝瓜藤全枯萎了。次年,我把丝瓜直接种在水池边,再用一根布绳子牵引到银杏树上。丝瓜长长的细

园蔬有味
壬寅秋珍薰

丝紧紧地缠绕着，一步步沿着绳子走。有的细丝暂时没有找到缠绕物，兀自在空中舒展着。我不免为之着急，有时会去越俎代庖。丝瓜的丝，看起来脆生生的，其实很有韧劲，即使我的手粗笨，它也不会断。好几次，我把傍晚的丝瓜丝拍下，再和第二天早上的进行对比，发现丝瓜的丝长得真快，不久前长出来的丝，已经在布绳子上绕出了一圈又一圈好看的纹路。

最喜欢丝瓜的，是萤火虫。只要丝瓜的叶子茂盛起来，萤火虫就像得到情报一样，纷纷赶来。它们扑扇着透明略带黄色的翅膀，在丝瓜的叶子上飞起又落下。起起落落间，手掌一样的丝瓜叶子上留下了一个个洞，俨然一双双无奈的眼。

而丝瓜，似乎在纵容萤火虫。它毫不在意萤火虫的乖张，依然努力地长，努力地开花。丝瓜花是黄色的，却不像向日葵的颜色那么深，它的黄是那种明亮的黄，似乎阳光稍稍深情一点，就能把它吻透。

所有的丝瓜花，都有自己开花的目的，绝不跟风，绝不盲从，更不会中途改变初心。

有的丝瓜花，一心为了果实。在没开花前，它的底部就带着一个微型丝瓜。花儿一绽放，就像姑娘的裙摆，摇摆着亮丽的色彩。倘若倒过来看，就像竖条纹的衬衫配了蓬蓬裙。等到丝瓜花合拢裙摆，丝瓜早蹿了个，像个青春期的孩子，见风就长。直到成熟，丝瓜花都没有落下，只是蔫了。痴情的丝瓜花，陪伴了丝瓜一生。有的丝瓜花，只有雄蕊，长得再怎么饱满，都不会结果。有人称之为"谎花"。其实，丝瓜花并没有撒谎，是我们无端地赋予它必须结果的使命，却忘了每

走过冬天便是春

一朵花都有自己的心思和秉性。

只负责美丽的丝瓜花，不仅好看，还是一道营养丰富的乡土菜。

摘下底部没有带小丝瓜的花儿，拍去小蚂蚁，掐掉花蒂洗净，把它们放进番薯粉里，再加点葱白和红辣椒，放入细盐，加入凉水，用筷子打鸡蛋一样顺时针搅拌。此时，火苗把锅底舔得热情无比，倒入油，等其稍稍冒烟，再倒入经过搅拌的丝瓜花，用铲子把它们划拉到锅壁，形成一张饼的样子。等一边好了，再翻个身，盛出来前加点葱花。

烧好的丝瓜花饼，有着缤纷的色彩，明黄色、浅褐色、月白色、大红色、嫩绿色，让人不由得伸出食指就去掐上一块。那香香的花儿，还未细品就"呼啦"一下滑入喉咙，遗憾之余，忍不住再次伸出手去。

小时候我有偏头痛的毛病，吃了几次丝瓜花，竟然慢慢好了。后来我得知，丝瓜花还有清热解毒、镇咳平喘的功效呢。

家常的丝瓜花，竟有着如此多情的世界。有了它，田野有了明亮的眸子，时光有了香滑的柔软。

八月荷塘

乡下的荷塘，八月是最热闹的。

一池的荷叶，宛如蓬蓬裙，在风中摇摆。调皮的风不时地掀起荷叶裙摆，露出小姑娘一样纤细笔直的腿。荷花俏立一旁，被粉粉的花瓣簇拥着，仿佛持着一个芬芳的话筒，在唱一曲采莲歌。

此时，有一批荷花早已掉落花瓣，莲蓬显山露水，从配角升为主角。一个个莲蓬像倒挂的马蜂窝，每个格子里都藏着一个小精灵，随时准备冲出来，刺激那些欣赏它的人。

小男孩牵着爸爸的手，满池塘地找莲蓬。"这个很大，我要这个！"当爸爸的此时摇身一变成了"超人"。他不知从哪儿找来一根竹竿，对准莲蓬的细杆"啪啪啪"连敲几下，莲蓬落入水中。

爸爸再一点一点往岸边钩。小男孩接过爸爸的战果，举着莲蓬四处张望，期待身上能落一圈羡慕的眼神。果然，一个小女孩跑了过来，用讨好的语气说："给我一点，好不好？"

几分钟后，小男孩和小女孩就把莲蓬吃完了。他们把莲子的一头整齐地咬下，吃掉滑嫩的莲肉后，把莲子的外衣套在手指尖上。那手指瞬间生动起来，青葱修长，调皮可爱。

风梳理着暮色，荷塘边的人渐渐多了。有的家庭主妇来摘荷叶，准备晚上煮荷叶粥；有的来摘荷花，准备做一盘油炸荷花吃；有的直接来找老莲蓬，想烧一个桃胶莲子羹。乡下的生活，总是这样的随心所欲。一个不大不小的池塘，满足着很多人的需求。乡下人不需要昂贵的食材，却有着城里人用钱也买不到的好空气和好食物。

当然，最欢喜的自然是小孩子。他们不敢忘记大人那句"水深水凉不能下水"的劝告，却挡不住荷塘的诱惑，在岸边来回走着。惊喜随时都会降临。有时，他们会突然发现某片荷叶下面躲着一个成熟的莲蓬，就立马摘了享用。有时会发现不成熟的还带着黄色胡须的莲蓬，他们也可能会摘下，去除那个嫩黄的小莲蓬，只留下那些门帘一样的须，绑上一根线，玩出很多花样。有时，孩子们的视线又转到荷叶上，把它带柄的那头旋出一个圆形，倒扣在头上，剩下的那圈套进脑袋，搁在胸前，俨然神话人物哪吒。

有的小女孩则一小截一小截地折莲秆，那些细长的丝连接起绿色的秆，它们被当成项链和耳环，在胸前和耳朵上妖娆着。更有甚者，在石头缝里摸上几把螺蛳，或摸上几只虾，摘了荷叶包好，屁颠颠地捧回家

风飘香袂空中举 秋玲画

走过冬天便是春

去……"静影摇波日，寒香映水风。金尘飘落蕊，玉露洗残红。"诗人唐彦谦写出了莲的美，却不知道莲还可以带给人这么多快乐。

我的父亲反对我们采摘新鲜的荷叶。他说荷叶到了十月份左右枯萎凋谢前，可以采几张回家晒好，留着过年、过节处理鸭子时一起放入热水里泡着，鸭毛能煺得干净。如果摘了鲜荷叶，地底的藕就会受影响。但他会摘莲蓬给我们吃。有些莲蓬有点老了，里面有嫩绿色的莲心，像小荷叶的芽儿，带着苦味，我总是习惯把它一起吃掉。有时也取了泡茶喝。父亲挖了二十五年的莲藕，他把自己最好的时光全部给了池塘，给了莲藕。个中滋味，我深深懂得。也许，父亲就是莲子，他把自己的苦心隐藏，一心想献给我们体面的生活。

又是一年八月。那满池的荷叶和莲蓬，依然丰富着乡下的日子。它们盛开着，撤退着，每一幕都用心演出，不在乎别人怎么对待，只在乎自己是否全力以赴。清香的荷花，用它完整的一生，演绎着生活的真谛。

小龙虾

我从没钓过小龙虾,却无数次地欣赏过钓小龙虾的情形,每次都能看见快乐在简易的鱼线上吐着泡泡。

三两个男孩子,很随意地折上一截树枝,或者捡了人家丢弃路边的竹子,将一根奶奶用来纳鞋的麻线或爸爸钓鱼淘汰的渔线系在细的一端,在线的另一头,挂上螺蛳肉。

村庄的边缘或者田埂的一侧,会有零星小池塘,四周长满菖蒲或茭白。池塘没有主人,野草一年一年地掠夺着领地。这样的池塘,是小龙虾的天堂。将细线放进菖蒲丛,不用等多久,一只只小龙虾就能排队似的被提上岸。

有的男孩子,没有诱饵,干脆绑上一点草茎,

虾

秋珍画

小龙虾也会傻傻地钳住草茎。小龙虾看起来凶神恶煞，实则傻里傻气。有的甚至会沿着菖蒲叶子往上爬。只需用大拇指和食指捏住它的背，它的大钳子就变得老实了，再怎么张牙舞爪也伤不到人的皮毛。齐白石画过一幅《儿时钓虾图》，其上有小注："余少时尝以棉花为饵钓大虾，虾足钳其饵，钓丝起，虾随钓丝起出水，钳尤不解。只顾一食，忘其登岸矣。"齐白石钓的是草虾，但想来用棉花对付龙虾，定然也别有趣味。

大人往往不屑于小孩子的把戏，他们更喜欢用高级点的工具，成批量地捉龙虾，俗称"放龙虾"。找一个竹篓，里面放上食物的残渣，沉在池塘里，就可以"守株待兔"了。竹篓用篾片编制，有一个圆形的口子，圆口内侧有一圈相互交错但不编织在一起的细篾片，龙虾或小鱼一旦进去，就出不来了。

放龙虾时间可长可短。有时干脆过上一晚再取。把小龙虾请出竹篓，倒进水盆，它们纷纷举着"大刀"，做生死拼搏状。没多久，它们就你叠我，我叠它，想冲出包围圈。此时，调皮的小孩会选出个子最大、爬得最高、战斗力最强的龙虾，去溜虾。

说是溜虾，无非是让小伙伴们看看，自己有一只多么凶猛的龙虾。小孩用麻绳缠住龙虾，牵了它往村庄四处走。有时，小伙伴身后跟着的小狗出现了，龙虾举着大钳子，把小狗吓得退后几步。有时，小伙伴折根狗尾巴草，来逗龙虾，龙虾总是保持着决斗的姿势，把狗尾巴草看成刁蛮的敌人，不断地进攻。如果龙虾知道这玩意的名字，也许会纳闷：怎么狗尾巴草比小狗勇敢呢？

不过，这只享受过溜虾殊荣的龙虾，最终还是和别的龙虾一起进了铁锅。

入锅前,小龙虾要进行大清理。剪去小龙虾两只钳子的前端,用一次性牙刷刷洗全身,再用剪刀剔掉小龙虾的头部污物,弄掉腮和肠子,在小龙虾尾部剪出一条口子。一只只清洗过的小龙虾,背部酱红,两侧粉红。仔细观看,它们还在微微地颤动着。倒进滚烫的油锅,几番猛火爆炒后,小龙虾们全成了火火的红,把食客的眼神点亮了。

吃小龙虾,有的人喜欢戴上一次性手套,吃得斯斯文文,却丢了吃货的自在。伸出即将干大事的双手,麻利地去虾头,卸虾壳,把那一弯虾尾巴捏在指尖,在醋碟里一蘸,往嘴里一放,你的味蕾立马奏起了交响乐,口感繁丽,韧劲十足,余音袅袅。生活的奢侈和美好,就在这一大盘的小龙虾里了。无须多久,你的面前就堆起了一座小山,你看着顺着手指淌下来的汁水,仿佛看见斑斓的春色掠过心田。

此时,生命开始了由内而外的蓬勃。你恍然觉得自己回到了痴情的岁月,花好月圆,幸福疯长。

里山坞的动静

要说里山坞,那简直就是一颗咧开嘴的火栗子,西楼村的孩子们呵着气,提防着被烫伤,又忍不住伸出手指,瞄准香得掉鼻的栗子。

里山坞在西楼村的西北方向,距离三公里左右。小时候,我把里山坞看作一处心灵福地。心情不好了,去走一走;心情太好了,更要去走一走。

里山坞的山,四面环绕,把一个水库环抱在中心。水库里的水,清澈透亮,让人恨不得捧上一把。水中倒映着蓝丝绸一样的天空,以及密匝匝的松树、栗子树、映山红、山黄栀等。每次看它们,我都有欣赏世界名画的感觉。

水库北侧的山上,有几棵柿子树。夏天,

青涩的柿子像一双双调皮的眼睛，在枝叶稀疏的枝头，眨巴着。伸出右脚狠狠地踢树干，柿子纹丝不动。几个人伸出双手摇动树干，枝叶像被挠了小痒，微微地扭了扭。迅敏如猴的阿发"噌噌噌"就上了树，他左手攀住树枝，右手一捞一个，装了衣兜装裤兜，摘到最后，索性把柿子往灌木丛里扔。大家麻雀一样呼啦啦扑过去，找啊抢啊，笑声把水库里的鱼儿都惊动了。

"麻口！吃不得！"喊声来自大水嫂。大水嫂在水库东边的低洼处，攒了一些泥。那里有一小溜是爸爸攒的。他们把水库边缘的泥土往上扒拉，一天天地，就形成了一块自留地。土质泥中带沙，又因为在水库边缘，不会干旱，适合种毛芋、丝瓜等。

把野柿子带回家，带上阁楼。我家的房子二楼就是阁楼，地面用木板拼成，木板和木板之间留有缝隙。小孩子脚小，一不小心就容易踩到缝隙里。阁楼堆了很多柴火，那是爸爸去山上捡拾的。村庄里的每户人家，都分到一块山，从哪里开始，到哪里结束，都用扁长的大石头立在边界处。穿过柴火，是一件件陶器，叫做埕或甏。这些陶器细细的身子，高高的个子，小小的口子，件件装满了干菜。放学回家，我有时会小心地上阁楼，掀开木头盖子往里探。遇上干菜浅，整个手臂几乎都要探进去。抓得一小把干菜，放进嘴里咀嚼。那咸咸的味道像一只乖巧的小兔子，安慰了贫瘠而寡淡的日子。菜甏的南侧，是一个装稻谷的柜子，保持了木头的原色。平时，除了取干菜，我是不上阁楼的。老鼠整天窸窸窣窣的，听着就让我胆战心惊。从小，我就不是一个勇敢的人。不敢爬树，不敢下水，不敢走窄窄的桥。但吃柿子的诱惑，把我变成了一个有几分胆量的人。我和体弱的弟弟把芝麻秆折成五厘米左右，一半插入柿子，再把一个个柿子埋进稻谷。

时间，在等待中变得漫长。一星期、两星期，也不知到底过了多久，柿子终于变软变黄了。靠近芝麻秆的地方变黑变烂了。瞅着黄的地方小小地咬一口，嘴巴马上变得麻麻的，麻劲过去，又留着一点甜。哑巴着那点甜，阳光也似乎裹上了蜜糖色。

我吃过里山坞的柿子、栗子、乌饭，还吃过根白白的、长得一节一节的鱼腥草，咀嚼起来有一丝丝的甜涩味，它们伴着渣，缠绕在口腔的感觉，是我童年生活里难忘的体验。但里山坞最刺激我的是毒蛇和野猪。

爸爸经常给我们讲蛇的故事。他说，如果被蛇追逐，不要直线跑，而应该 S 形逃跑。他还说，如果在山里被蛇咬了，找不到水就用自己的小便清洗伤口，还说耳屎能以毒攻毒，是治蛇毒的好东西。后来我才知道，所谓的"耳屎治蛇毒"并无科学依据。

爸爸还讲过一个特别可怕的故事。他说，有一种毒蛇叫蕲蛇，俗称"五步倒"。只要被它咬了，走不出五步，就倒下了。有个男人被蕲蛇咬了手指头，他果断地砍去手指头，走出五步，没倒。他出于好奇，又回去拿起被自己砍下的手指头，结果被感染，死了。

这故事让我很长时间胸口都像压了一块石头。此后，每次去里山坞，我都会穿上鞋底柔软的雨鞋。棕褐色的蕲蛇喜欢伏在落叶里。我左顾右盼，看着那些土黄色的落叶，辨认着它们的动静。落叶动了，钻出一只蜥蜴；又动了，是风儿在撩。我终究没有一次遇到过毒蛇。爸爸说，里山坞山多林密，很多毒蛇被野猪吃了。

我一般只走到水库那儿。往山林深处看，一层一层，没有尽头。山的邻居是山，山的远处还是山。我从来不敢去涉足。

有一次，家里死了一只鸡。爸爸兴致勃勃地说，这只鸡，要拿去打野猪。里山坞的野猪把他种在水库边的毛芋都拱掉了。

"怎么知道是野猪,不是狗头熊?"村庄里的人,都把狼叫成狗头熊。

"有脚印啊。"爸爸伸出手掌比画道,"野猪的一个脚印里,有四个坑,前两个大,后两个小。"

野猪,好可怕的东西啊。万一打不死,引得它兽性大发,朝人冲过来,怎么办?

"不怕,我有办法。"爸爸陶醉在他的憧憬里,"到时猪肚就送给你外公。"

爸爸说,野猪身上,最值钱的就是它的胃,也就是野猪肚。我们那的说法,野猪肚对各种胃病有特殊疗效。野猪经常吞食蕲蛇,每吃下一条蕲蛇,就会在胃里留下一颗"钉"。"钉"越多,越有药用价值。说着,爸爸开始翻找。当时,西楼村的每一户人家造房子,都要去里山坞炸山(现在早已不被允许)。炸山炸出来的许多石头,被运回来排墙脚。把山炸成一块块石头,这自然是非常危险的。西楼村的方林就是在炸山的时候出了事。爸爸是"端"字辈,我是"方"字辈。我喊方林"阿哥"。要造房子了,方林阿哥眉和眼全是笑着的。他把一节节炸药拿出,将其中一节和雷管连在一起,点燃了导火线。

一般情况下,导火线一点燃,人就要逃开。方林阿哥也迅速逃开了。可是,等了一会儿,又一会儿,里山坞静悄悄的,鸟儿们依然"唧唧啾啾"唱着歌。方林阿哥就返回去看看究竟。与此同时,响起了震耳欲聋的声音。方林阿哥就这样被炸得血肉模糊。

我家造房子后,还剩一点雷管。爸爸找到那半支香烟一样大的雷管,说:"一根雷管能对五百斤的动物造成杀伤力,把它埋进鸡的大腿里，野猪只要一咬上，就会被炸翻。"

此后的几天，我每天都在期待爸爸给我们带回好消息。有一天晚上，我迷迷糊糊中似乎听到了爸爸欢喜的声音："成了，成了，快带人去扛野猪！"

"危险野。老实野。"四五天后，爸爸终于下了结论。"危险"和"老实"，都是"非常"的意思。"野"，即"狡猾"。对野猪，爸爸有了既恨又赞的复杂情绪。明明把鸡放在有野猪脚印的地方，野猪居然能知道前方是陷阱，就是不去触碰，看见了就绕过去。畜生的观察能力和智商，是我们人类不可小觑的。

后来，我听说有小野猪窜到附近的村庄，被村民关起来养，还和家猪培育出了新的品种。于是，我看家里的猪时，总会脑补出野猪的样子。它的牙很长很长，轻轻一挑，木质的猪栏就会晃动起来。

从师范学校毕业后，我在黄泥塘弄当老师。每天把喉咙当作上足了油的机器使，时间一长，喉咙就痛。张开嘴往里看，里面又红又肿。严重的时候，我连话都说不出来，只能在课堂上打哑语。一盒盒蓝绿相间的金嗓子喉片，成了我办公桌上的风景。孰知它们只是虚张声势，根本没有打赢这场"战争"的能力。

母亲去了里山坞。

回家时，她带回来一大捧白花草。母亲把白花草清洗干净，包在白色的纱布里，碾碎，挤出汁水。那汁水呈黏稠的绿色，一看就犯恶心。我闭上眼，一仰脖，凉凉的液体，就"哧溜"着滑进了喉咙，似乎浇灭了我体内的热气。几次以后，我的喉咙痛得到了缓解。

走过冬天便是春

次年，传来了弟弟的坏消息。弟弟是早产儿，出生后，疾病一直缠着他。后来，他患上了肾炎，经常要吃没有盐的食物。他坚持着，一边和疾病斗争，一边读大学。不料病情恶化，弟弟休学住进了医院，后来又从省城回到了西楼村。母亲和父亲整夜整夜地失眠，头发大把大把地掉落。他们恨不能祈求老天，把自己的寿命续给儿子。

没有钱，把一切都困住了。弟弟的肾一天天地腐烂，还引发了很多并发症。他的身体肿得像馒头一样，脚穿着很大的拖鞋，脚跟还是露在外面。那么帅气、那么清爽的小伙子，在病痛的折磨下，脸色蜡黄，脸皮浮肿。但他依然双眼有神，有着一如既往的憨憨的笑容。他说："我死了，会在天上保佑大家的。"

妈妈低着头，去了里山坞。她一边走，一边流泪。里山坞的石头，认识了妈妈的身影；里山坞的花草，感受着妈妈的悲伤。妈妈采了金钱草、瓜子草等药材，一篮一篮地背回家。她心里有一个信念，"我儿子的命，能长一天是一天。万一有奇迹呢？"

那段时间，妈妈不是在里山坞，就是在去里山坞的路上；不是在洗药材煎药材，就是在给弟弟按摩。听说有个和我弟弟一样病症的男人，整天在家里砸东西，动不动就让妻子从楼上背到楼下，再从楼下背到楼上。得这种病的人，全身每一块骨头都痛，每一处肌肉都不舒服。患者往往脾气暴躁，觉得世界对自己不公，以折磨家人来发泄自己。

可我弟弟的心向来是那么绵厚，他总是一个人默默忍受。他像里山坞水库里的水，清澈得让人心疼。他的理想是当医生，救治很多很多生病的人。可他连自己的病痛都缓解不了。

妈妈给他按肩膀，按背部，按腿和脚。一日两次，看着弟弟喝下一大碗黑色的中药，喝下来自里山坞的希望。

可希望终究是无情地破碎了，碎成了一地的玻璃片，每一片里都闪动着疼和痛。1997年4月11日，那个热爱生活、善待他人的生命，消逝在里山坞的附近，消逝在他深深爱恋的土地上。

此后很多年，我都没有再走进里山坞。

里山坞的柿子和栗子，里山坞的毒蛇和野猪，里山坞的金钱草和瓜子草，一次次地出现在我的梦里。我一次次地哭喊着醒来，想拉住那个年轻帅气的身影，却生生地看着他离我而去。

时间，仿佛睡着了。里山坞，却一直醒着，醒在我的疼痛里。

一顶黑色假发

母亲最不爱的食物是鱼。

父亲要吃鱼，母亲烧好后，要把锅洗了又洗，恨不得把铁锅洗去一层。洗好后，还要把锅烧红，用切得厚厚的生姜或卷成一团的干稻草抹上一遍又一遍。母亲一边抹，一边干呕。她一头的黑亮短发随之一颤一颤，仿佛也在倾诉内心的不适。

母亲有了我们后，餐桌上的鱼变多了。吃鱼的孩子聪明，这个信念如春芽拱土而出，随着我们的成长，日益茁壮。

我从小爱吃鱼，鲫鱼、大头鱼、麦穗鱼，每一种都能吃得津津有味，尤其是红烧带鱼。每次母亲买了带鱼，那腥味就霸道地侵略房间的角角落落。当然,也野蛮地入侵母亲的双手、衣服和头发,像只毫不讲理的小野兽。带鱼烧好后,母亲会反复洗手,临睡前,把衣服洗了,把头发洗了。

不知什么时候起,母亲的头发变薄了。地上,到处是母亲的黑发,它们横七竖八,桀骜不驯,宛如叛逆小子的出逃。

那天,昏黄的光线把房间装饰得有些老旧,宛如老电影中的场景。这样的背景很适合聊天怀旧,我却有了一个煞风景的发现:母亲烧的红烧带鱼上,有一根头发。我用筷子去挑头发,却怎么也挑不出来。我直接伸出左手去捡,头发是挑出来了,左手的袖口却沾上了鱼盘里的油,油腻腻的袖口仿佛在嘲笑我的鲁莽。

这衣服是我第一次穿,下午我还要穿着它去参加一个重要会议。此时,仿佛有一根棒子敲向我的脑袋,我大叫起来:"妈,头发!"句末的感叹号俨然一个炸雷,桌边的芦花大母鸡受了惊吓,扑扇着翅膀往门外逃。

母亲无路可逃。

她走过来,沉默着,把我捏在指间的头发拿走,继续着她的忙碌。我担心母亲没在意,强调说:"有头发的菜,反胃。"

从这以后,我养成了一个习惯,下筷子前总盯着那盘菜,看了又看。

母亲的头发还是会出现在菜里,我还是每次都叫一声:"头发!"芦花大母鸡镇定地啄着食,我的叫嚷声已让它炼成了"淡定鸡"。

有一段时间,我忙得不行,连续几周没有回家。回去时,母亲一见我就说："以后菜里不会有头发了。"她的语气像个犯错误的孩子。也许，她以为我是生了她的气。

母亲又去厨房忙开了。

父亲轻轻地说："你妈不容易。"

这五个字仿佛闸门开启，往事汹涌而来。

母亲的小儿子在最好的年纪，多年的肾炎转成了尿毒症。母亲背着篮筐，徒步去深山采回一筐筐草药；每天，母亲一遍又一遍地给全身疼痛的儿子按摩；本来不信神的母亲，一次次祈祷神灵，把她的生命续给儿子。然而，医生的治疗加上母亲日日夜夜的牵挂和祈祷，还是没有留住那么热情、那么善良的生命。

母亲变得更加沉默了。但她依然把厨房当成自己的主阵地，希望她的女儿能吃出幸福的味道。

想到这儿，我忍不住起身走向厨房。

正是六月，厨房像个蒸笼。母亲在一片白白的油烟和红红的火焰里奋战。她的头发比以往厚了，黑了。我伸出手摸了一把，它们又油又糙。

父亲告诉我，母亲戴了假发。假发是个不通风的罩子，每一根都结结实实地绕在底部，不会掉发。没几天，母亲的头皮就热出了红色的疙瘩。但母亲只在睡觉时拿下，她说戴着戴着就会习惯的。

几周后，我刚下汽车，母亲就向我走来。不知为何，母亲腿一软，倒在地上。她的假发倏地飞了出去，一头白发在风中凌乱出一地的感伤。那是岁月的重担压在母亲头上的"雪"啊。它们穿过遍布的荆棘，穿过呼啸的风雨,像一道闪电击中了我。

  为了让子女过得省心,吃得安心,母亲硬是把自己的白发整成了黑发。那顶密不透风的黑色假发,分明是母亲沉默而结实的爱啊。

一只羊长大要多久

这是我父亲的问题。

那时他才七岁,别人都叫他"十一"。

一

"看你还干不干坏事!"啪啪啪,枣木棍子落在十一的屁股上,就像十一的弹弓落在芦花母鸡的翅膀上,就像弹弓上的小石头击落别人家的玻璃,就像树枝塞进了直挺挺的烟囱,那么有力,又那么空洞。

十一的空洞、无聊,犹如乡下泥土冒出的湿气,小孩子看不见,大人们习以为常。

十一是第十一个孩子。他之前的哥哥姐

姐死了七个，只活下了他和三个姐姐。十一出生没多久，妈妈就去世了。

一天到晚，爸爸必做的一件事，是找棍子。他拿起棍子，在宽宽的矮木凳上狠狠地敲一下，仿佛给棍子做热身运动。

那根枣木棍子，原本有粗糙的外皮，后来，外皮掉了，整根棍子越来越亮，越来越滑。

矮木凳被抽得发出"嘭"的一声响，十一就主动扒下裤子。裤子一年到头只有一条，不能打破了。当然，裤子早就磨破了，那个破洞像一只眼睛一样整天忧伤着。左边屁股打过了，就打右边屁股；右边屁股打过了，又换成左边屁股。

三月的一天，十一用两只小手把屁股全部按了一遍，找到一处不大疼的地方，用灶口的木炭在屁股上画了一个圆圈。"爸爸，您打这儿。"爸爸正要开打，门外闪过一个人影："十一，看我带了什么！"

只见大姐的手里拎了一个竹条编的深口篮子，篮子里有一只毛茸茸的东西。女儿回娘家，爸爸自然收了棍子。十一来不及拉上裤子，就飞奔到了大姐面前。

一只小羊，正用水一样清澈的眼睛看着十一。十一想上前，却不由得后退了一步："大姐，它多久才会长大呀？"

羊实在太小了。十一真担心它经不起爸爸的枣木棍子，经不起路上随时会刮起的风，随时会落下的雨。

"放心，羊七到八个月就成年了。你让它吃最嫩的草，它长得可快了。到时，你和爸爸就有新衣服穿啦！"大姐说着，去水缸里舀了水,"咕咚咕咚"喝了几大口。家里从来不烧开水。井水挑来倒入水缸,渴了喝上一勺。

二

  十一给羊取名十二。自从有了羊,他就把自己做的弹弓收起来了。他再也不用一个人在路上踢小石头了,再也不用琢磨捡哪块石头弹哪块玻璃了。他带着羊吃青草,和羊聊天。他有好多的话,从来没有钻出肚皮。现在,他的话停在青草上,青草冲他弯弯腰;停在羊的屁股上,羊摆了摆屁股;停在羊的眼睛上,羊就抬头看看他。

  这天,十一一回家,爸爸就拿出枣木棍子,冲着羊屁股使了一棍。十一喊:"打我!"

  爸爸不理会,又冲羊使了一棍。

  "十二,对不起。"十一抱着羊,轻轻地抚摸它的屁股。爸爸觉得,打屁股又安全又能长记性,却不知道,屁股也是会疼,会很疼的。

  从此,十一分清了小麦和青草,再也没有出过错。

  春天的阳光像妈妈的目光一样温柔。十一没有妈妈的记忆,但他喜欢这样的比喻。十一拔来长长的草,打上结,做成草帘,挂在羊的屁股上。他又想,如果在屁股上罩上一副草帘子,爸爸的棍子落下来,屁股就不会疼痛了。想到这儿,十一就笑了起来。羊弯过脑袋看看他,然后开始追自己的屁股。草帘子在风中起舞,舞着舞着,就滑落在地,成了美美的点心。

走过冬天便是春

小村的哪个山坡、哪个角落有青草,十一的双脚记得,十二的眼睛记得。

不知是风嫉妒了,还是云吃醋了,十二变得烦躁,它用身子去蹭树枝,"咩咩咩"地叫着,向十一述说它的不适。

十一用小手摸它的毛,扒拉来扒拉去,发现一只虱子躲在毛下,咬着十二的皮肉。十一用大拇指和食指揪下,他看来看去,不知道放哪里,也不知道用什么敲死它。他看见自己的大拇指长出了一圈月牙一样的指甲,就把虱子挪进食指一点,用指甲摁死了虱子。

虱子会跳,实在不好捉。十一的脖子酸了,田野的风也跑累了。十一带着十二回家了。他从来不给十二拴绳子,总是他走左边,十二走右边。十一决定给十二洗澡,把虱子淹死。木桶又大又深,十一把水放满,十二白色的毛浸在水里,只露出脑袋。

十一按着十二的背,安慰它:"坚持,再坚持,虱子淹死了,你就不痒了。"十二"咩咩咩"地叫着,好像在说:"谢谢哥哥,洗澡很舒服。"

过了一会儿,又过了一会儿,十一觉得时间够长了,他的手都要在水里发芽了。他想看看虱子到底淹死没有,就把上身凑过去看,一不留神,整个人栽进了木桶。

爸爸回家的时候,十二在抖身子,毛一点点蓬松起来。十一全身冷得发抖。他给十二擦了毛,却找不到东西擦干自己身上的水。

十一迎上爸爸的目光,说:"打我屁股,随便哪边。"

爸爸没了妻子,又没了这么多孩子,在残酷的生活面前,枣木棍

子自然成了他发泄情绪的出口。不过,这次爸爸没有拿棍子,只是说:"烧火去。"

三

十二的毛色越来越亮,头上长出了角,两只角慢慢地有了凹沟和角轮。它会用角开门和关门,它会击退那只扬起脖子想攻击它的白鹅,它会让一群母鸡大叫着四下散开。每当十二走过,就会有目光落在十一身上。

"好壮的羊啊!"

"漂亮,真漂亮!"

十一的头扬得高高的,他看见天上的云白白的,但它们没有他的十二白;他看见远方的山高高的,却觉得山也没有他的十二高大。

"十一他爸,羊长大了,可以卖了。"这是邻居奶奶的声音。

十一急了,他叫道:"还没长大,还没!"

以前,他多么希望羊快快长大;现在,他多么希望羊能变小啊。

十一用求助的眼神看着爸爸。他害怕爸爸说:"卖了卖了,谁出的钱多,就卖给谁。"

可是,爸爸没有回答。他是没有听见吗?

十一又补上一句:"我不用做新衣服,我有衣服。"他担心爸爸没听见,把声音拔得高高的。

"这是你养的羊,你做主。"爸爸说的话,从来没有这么好听。

十一恨不得冲上去拥抱一下爸爸。但他没有。从小，他和爸爸之间，似乎就是枣木棍子和屁股的接触。十一仰起头，看见先前飘过来的那朵乌云，不知什么时候，被风吹走了。

秋风起，有的叶子顶不住，从树上落了下来，落在十二的背上，黄着脸，陷入了尘土的喧嚣。气氛突然变得诡异。那个长着络腮胡子的男人，有事没事地在十一的家门口转。十二一见到他，就晃着脑袋叫起来。叫声和往常不一样。

十一想起来了，这个络腮胡子是村里的杀猪匠。小村代销店的门口，隔几天会有人卖猪肉。他并不吆喝，一把脸盆一样大的刀，在案板上剁得咚咚响。

四

落在十一身上的目光，变多了。

"这孩子，犯傻了。哪有养羊不卖的？"

"没妈的娃，可怜。"

十一抖了抖肩膀，把这些声音像抖水珠一样抖落在地。

但他怎么也抖不掉络腮胡子的目光。他的眼睛里，好像藏着一把刀。对，那是一把杀羊刀。

"你的羊，什么时候卖给我？"络腮胡子问。

"不卖！"十一的声音像弹弓上的石头一样射出去，有着决绝的气势。

"没有一只羊，能过得了冬天。"络腮胡子很确定地说。他的声音不是很响亮，却好像有回声，十一的眼前瞬间闪过几道明晃晃的闪电，滚动着作响的雷声。

"为什么？"十一不想听到原因，但他还是问了。

"冬天所有的草都枯死了，羊没有吃的，怎么活？"

十一被问住了。

"如果死了，就卖不了钱了。你和爸爸的衣服拿什么做？"络腮胡子显然是有备而来。他的这套道理，让七岁的十一不知道手该放哪儿，脚该放哪儿。沉思了几秒，十一用右手摁了一下屁股，大声说："不用你管！"

他把响亮的态度扔给络腮胡子，撒腿跑进家，关上了门。

家里空荡荡的，没有一件像样的家具。自从有了羊，十一就觉得自己很富有。没有羊，他就没有快乐。

可是，冬天所有的草都枯死了，羊没有吃的，怎么活？络腮胡子的话像雷声又一次隆隆而来。再说了，自己不做新衣服，爸爸也不做吗？爸爸已经好几年没做衣服了，寒冷的冬天怎么过呢？十一真希望自己和爸爸都能像羊一样，全身上下都长出毛来；真希望冬天也能有满山坡绿得发亮的青草。

深秋的一天，大姐再次登门："十一好能干，把羊养得这么肥。过年可以有新衣服了。"

十一抱着大姐的腿，呜呜地哭了。

"大姐，你把羊带走吧。""大姐，可以不杀它吗？""大姐，可以不让它太疼吗？"十一边说边哭，一张小脸布满了泪痕。他小小的心，实在装不下这么大的忧伤啊。

大姐抚摸着他的小脑袋，不知道该怎么安慰他。她不想伤害小弟，但除了伤害，她没有别的选择。

冬天来了。十一有了新衣服和新裤子。但一直被他宝贝一样带身边的，是一副用羊骨头做的弹弓。

那是大姐带来的。十一磨呀磨，把这块羊屁股上的骨头，磨成了他最爱的形状。

我的父亲此生都没有吃过羊肉。

几年前，他得了帕金森病，说话已经很费劲了，但他还是断断续续地给我讲了他那只叫十二的羊，那只陪伴了他七个月又十二天的羊。

那不仅是一只羊，那是他童年的全部，是他成长的开始。

那年夏天,风呼呼地吹过

我的大姑妈嫁到义乌,和家乡东阳是近邻。那年夏天,我一人去了姑妈家。

正好廿三里有会场。会场很热闹,各种吆喝声,各种好吃的,对小孩子来说,很有诱惑力。我穿过重重诱惑,来到姑妈家。

姑妈的面前,放着一瓶啤酒,没有花生米等任何下酒菜。啤酒喝了一半,瓶身闪着绿莹莹的光。姑妈用一个橡皮塞封好瓶口,拍了拍我的肩膀说:"我胖一点了吧?"

姑妈身材高挑,长相秀丽。她一直嫌自己太瘦,觉得喝啤酒能长胖,能丰满一点。我仰头看了看,说:"好看,非常好看。"姑妈笑了。她用左手摸了摸口袋,递给我一张

秋来不与百花妍，瘦尽清寒，入楚天。壬寅 秋珍

纸币，说："你拿着去赶会场吧。买点好吃的。"我一看，天哪，好大的一笔钱！

好一会儿，我都没有站稳。我的手里，突然有了五元钱！它像一团火，把我的掌心烧得热气腾腾。这把火迅速蔓延开来。我小小的脑袋，陷入了一道道数学题中：两毛一碗的馄饨，一天吃一碗，我可以吃上差不多一个月；两分一块的烤豆腐，我可以吃二百五十块；一分一碗的豆腐花，我可以吃五百碗……我一路小跑，风在我耳边唱着歌，我也欢喜地唱歌。我决定把这笔巨款花个轰轰烈烈、惊天动地。棉花糖、金钩梨、烤豆腐，对了，还有蝴蝶结、小镜子。以前做梦都不敢想的东西，好像全部坐着阿拉伯飞毯，神奇地飞到了眼前。

我喜滋滋地在一个摊位前停住了。我的手一伸口袋，钱，不见了！

我把两只口袋翻了个遍，连个影子也没捞上。我憋着一股气，沿着来路往回走，很认真地走，一直走到姑妈面前。此时，太阳已经西斜。姑妈正在门口串珠子。她没注意我灰着的脸，笑着问："乖侄女，买了什么，好吃吗？"我一听，放声大哭。

短短一两个小时，我经历了大喜和大悲，心底的痛和憾，全部化成泪水奔涌成河。

姑妈腾出手，又摸出一张五元钱，说："没什么大不了的，再去一趟。"我迟疑着接过，内心沉甸甸的。姑妈穿珠子，十串才一分钱。五元钱，她要穿多少这么细、这么小的珠子啊。

我又一次往会场走去。但我再也不想什么烤豆腐、金钩梨、蝴蝶结、小镜子了。我的眼睛成了探照灯，一路熠熠发亮。我不甘心，暗暗发狠要找回丢失的"巨款"。

真的找到了！

那是一条不起眼的小河。几乎不流动的水面上，飘着花花绿绿的垃圾。一张皱巴巴的五元钱，混杂其中。我捞起它，像捞起了失而复得的世界。

我一路飞奔，双脚像按上了风火轮。我把好消息告诉姑妈，把五元钱交还给她，姑妈执意不收。于是，我怀着一肚子的惊喜和两张五元钱，披着即将笼罩下来的夜色回家了。

回到家，才发觉肚子饿了。母亲和父亲正就着榨菜吃泡饭。我没提钱的事，舀了一碗饭就呼啦啦吃上了。母亲疑惑道："看这孩子，怎么会饿成这样？"

我什么也没说。我怕说了，到手的钱，全"长翅膀"了。

晚上睡觉，脱裤子时又掉出了五元钱！我揉了揉眼睛，确定没有看花。原来裤袋破了，母亲用线直接缝在半截处，线断了，钱滑到下面的裤腿里。现在，它终于从裤腿里溜出来，见了天日。

半天时间，我有了十五元的巨款，成了真正的有钱人。我兴奋地翻了个身，由于用力过猛，差点掉到床下。

我有一个伟大的计划。我要给自己买一条白色的连衣裙。十月份我们班的合唱表演，老师要我当指挥，穿白裙子。老师叫我借小兰的裙子。小兰肤色很白，脸上长满雀斑，每次对别人都爱理不理的，我真不愿意看她的白眼。我还要买一支口琴。小辉就有一支，吹起来可好听了。

走过冬天便是春

次日，我起得有些晚。临到吃午饭，才发现猪栏的两只猪不见了。

母亲一年要养两栏猪。冬天的那栏杀年猪，卖了猪肉，留下猪肺、猪血等廉价的肚里货。夏天的那栏卖毛猪。卖猪的钱用来买种子、化肥，还要留一部分买小猪。

卖猪那天，父亲往往会买回一点菜改善生活。可是这一次，我等到的是普普通通的大头青菜，还有父母亲皱着的眉头。

我听见父亲说："谷种、玉米种、荞麦种，不买绝对不行。田荒荒一季啊。"母亲说："如果不买小猪，年猪的收入没了。连个猪血豆腐也吃不上。"

"如果我不生那场病就好了。"父亲的声音低了下来，好像在责怪自己做错了事。五月份，父亲采石头闪了腰伤了脚，家里欠下了不少钱。卖了猪，肯定要先还人家。

一直闷头吃饭的我突然问："买小猪要多少钱？"其实问之前，我已经打了个算盘。村西就有个卖猪肉的，天天吆喝猪肉九毛一斤，买一只十斤的小猪，估计九元钱。我还可以用剩下的钱完成一个梦想。

"猪崽贵。买只小的，也要十五元左右。"父亲说。

我呆住了。好久，我都没有再说话。

我默默地吃完粗大的青菜梗，来到床边，拿出压在草席下的钱，五元，五元，五元。我数了一遍又一遍。泪水一次次地滑下来，又被一次次地抹去。

我把十五元递给父亲，转身跑开了。

明天就是上卢交流会，明天父亲就能给家里买回一只小猪，买

100　　　　　　　　　　　　　　　　　　　吹夏天的风

回全家新的希望。

　　走在村口的山坡上，我想起了那个热闹的会场，想起了姑妈的啤酒和珠子，想起了父亲自责的眼神。夏天的风，呼呼地吹过。风声里，我看见自己突然长大了。

遇见杨梅,请相爱一场

杨梅在夏天只有一种表情。

满山满坡,都是杨梅的笑声。这里一丛,那里一簇,"哈哈哈,哈哈哈哈",笑声一串串地滚动着,奔跑着。它跑过车前子的身边,车前子舒展着叶子,挥手致意;它跑过酢浆草的腋窝,酢浆草笑得弯了腰;它跑进少女的双眸,少女的眼睛像星星一样闪动。

少女看到了什么?套用维斯康蒂执导的一部电影片名《大地在波动》来回答,那就是——杨梅在波动。

看,天空爱上了杨梅的纯真,把阳光一个劲地塞给杨梅,塞满它的每一寸肌肤。天地间一片暖意,连微尘都亮如宝石,杨梅新鲜得仿佛是刚刚沐浴了仙雾。

藏身枝叶间的杨梅，宛如女子的胴体，在天地之间，孕育着新的生命，从青变红，从红变紫。那饱满的身体，像一张拉满的弓，时时都在表达生命的激情。一颗颗圆滚滚的杨梅勾肩搭背，窃窃私语，有着说不完的悄悄话。

此时，我在草地上画杨梅，就像一抹薄荷绿期待与海棠红的相遇。风在我脸上蹭来蹭去，也在杨梅的脸上蹭来蹭去。我在数杨梅，杨梅也在打量我。我和杨梅，像久未谋面的老友，相互凝视。

每天，都有新的风吹来，我和杨梅的约会，像一缕风等着另一缕风的邀约，就像一朵云等着另一朵云的倾诉。

有时，风停止了呼吸，云停止了表达，杨梅也停止了细语。周遭都静谧了，就像一汪绿翡翠一样的湖水，就像一片蓝丝绸一样的天空，没有一丝涟漪。阳光似乎幻化成了金粉，飘飘扬扬，洒满周围。一切，仿佛陷入了幻境。

突然，一只羽毛带着抹茶绿的鸟儿，打破了寂静。"啾"，宛如一股风吹过，惊起了一次次的回眸。"啾啾"，"啾啾啾"，山林倏地闹腾起来。

"啪"，一颗杨梅落在草地上。是睡着了吗？是醉倒了吗？深绿色的草儿托着杨梅酒红色的身体，把它轻轻地揽在怀里。

杨梅，杨梅。我真想对你说一串情话。

外婆听到了我的心声，给杨梅寄出了真挚的"情书"。她把杨梅请下枝头，放入加了盐的凉白开里，清洗过后，把杨梅一颗颗放在篮子里，就像安放美好的爱情。杨梅把身上的水珠献给了微风，把微笑献给了外婆。

杨梅酒能活血、止痛。外婆每年都会做一罐杨梅酒。而山坡上的杨梅，是外公种的。只因外婆喜欢看杨梅，吃杨梅。她说，看见杨梅圆嘟嘟、红扑扑的样子，就觉得日子也会像杨梅一样。外公经常在山坡上转悠，他看杨梅的样子，就像在看他心爱的女子。山坡上，流淌着温情的河流，像风儿拂过树梢，像霞光没入瞳孔，像外公牵着外婆的手。

想当年，耿直无私的老党员外公受了委屈和磨难，落下了疾病。喝了杨梅酒，外公那被生活折磨的心，就会长出新的希望。那家常的日子，就会被安上翅膀。外婆和杨梅一起笑着。她把自己酿制的米酒，倒入玻璃罐，把黄冰糖丢进玻璃罐，把杨梅放进玻璃罐。盖子覆上几层保鲜膜后，把玻璃罐封了个严严实实。

杨梅在玻璃罐里继续微笑。米酒在它的笑声里，染上了甜蜜的微笑和温柔的气质。

三个月后，杨梅在一双双期盼的目光里，被请出了玻璃罐。和它一起出来的，是紫红色的精灵。它剔透又澄净，安宁又芬芳。外婆称它为杨梅酒。

杨梅酒，入口甘甜，饮几杯就醉意朦胧。喝过杨梅酒，说出的话，也是带着微笑的。笑着笑着，就睡着了。

梦里，是杨梅甜甜的爱情，是这个世界纯纯的童话。

妈妈，妈妈

一

"新家好美啊。"阿酒跟着铁锅和卧底,从这头走到那头。

高大的石榴树和樱桃树,撑出了浓浓的绿荫。栀子、山茶花、蜡梅纷纷抖擞着精神。

但阿酒向往外面的世界。

外面和里面,隔着一道高高的铁丝网。

主人大清早出去,天擦黑了才回家。阿酒飞起,又落下;落下,又飞起。终于,它听到了长长的风声。"呼"——它来到了铁丝网的这一边。

这边有假山,有水池,有紫苏,还有一盆

盆的花草。光多肉就放了一溜又一溜，一眼看不到头。阿酒吃一口，肥肥的，嫩嫩的。它一连声地喊："来啊。来啊。"

卧底抖了抖金黄色的衣裳，一运气，就直接飞出了几米远。铁锅的衣裳像沾上了一层层锅灰，黑得有层次，有个性。它受到鼓舞，仿佛不用任何准备，就把锅灰们撒成了空中的云朵。

外面的世界让它们流连忘返。但大家不敢多停留，总是玩一会儿就飞回去。主人在里面挖了个坑，每天清早，把饭啊、玉米啊、青菜叶啊，倒在坑里。

周末的一天，主人怒气冲冲地拉开了铁丝网。

"当初看你们胆小，舍不得剪翅膀剪尾巴，现在倒好，敢糟蹋我的多肉了！"

卧底带着阿酒和铁锅四处逃窜。主人拿着一个兜，把它们一一罩住。卧底漂亮的长尾巴和漂亮的翅膀，随着剪刀的"咔咔"声，"唰唰"落地。阿酒和铁锅痛得哇哇大叫。高度近视的主人毫无察觉。她的剪刀往前一伸，剪到了它们翅膀上的肉。

"可恶。"阿酒骂。

"可恶。"铁锅也骂。

此后，它们仨就像从刑场逃命回来一样，每天战战兢兢地躲在石榴树下的茶丛后面。主人离开家，才敢去坑里吃东西。倒是乐坏了麻雀们，它们整天在坑里跳跃、啄食，叫着："好吃。好吃。"

二

主人得知阿酒和铁锅想做妈妈的时候，已经是三星期后了。

那个小房子，本来是主人给它们住宿用的。两面是墙，另两面是搭空的红色砖头，便于通风。上面盖了白色的包装料，像纸又像布。但它们选择了最角落的茶丛附近居住，把蛋生在这里。

阿酒和铁锅不吃不喝已经两天了。它们的心全在孩子身上。

"我怎么才两个？"阿酒把嘴巴伸进铁锅的肚皮，一个，又一个，蛋乖乖地挪到了它这边。铁锅不声不响，一动不动地蹲着。

蛋只有九个。阿酒和铁锅却觉得这是一个世界，很大很大。

第三天，阿酒和铁锅走出房子。它俩上了厕所，正准备草草吃一点就回去，卧底却追着它们求欢，吓得阿酒和铁锅又是逃窜，又是叫喊。樱桃树看不下去，抖下几片叶子，想蒙住卧底的眼睛，却把落叶砸到了铁锅的身上。铁锅晃了晃，那瘦弱的身子，仿佛经不起风吹和叶动。

次日，卧底不见了。

"妈妈最伟大。"主人轻声地说着，语气充满了柔情，"我可不忍心你们受伤害啊。"

一个星期过去了。阿酒酒红色的衣裳丢了光泽。铁锅的衣裳像是很久没打理的抹布。它俩的身子小了一圈。但一双清澈的眼睛依然对生活充满着希望。

越来越多的水倒下来。一天，一天，又一天。老天的脾气让空气变得黏稠稠的，让人的心情变得湿漉漉的。

"梅雨，梅雨，说不定会下一个多月。可怎么是好？"主人拿着一个脸盆舀包装袋上的水，眉头皱成了一座"假山"。

舀完了，她和往常一样，掀起包装袋看阿酒和铁锅。地面垫了包装袋，上面铺了稻草。阿酒和铁锅就蹲在稻草上。

"天哪！天！"惊呼声没有吓退阿酒和铁锅。它们依然静静的，乖乖的。但那翅膀分明是湿重重的，露出的稻草深了颜色，一丝丝浸在水里。

三

主人用干毛巾给它们擦了又擦。阿酒和铁锅任由她擦来擦去。湿漉漉的鸡蛋也被擦干了。水泥地面铺开一小堆棉絮，上面铺着干干的稻草。

阿酒听到主人在打电话："妈妈，鸡蛋和母鸡都被雨淋湿了，还能孵吗？"

"孵不出了，别费心思了。你自己工作忙，别折腾了。"

"可是，可是，万一能孵出来呢？"

主人看一眼阿酒，阿酒正张着翅膀，埋着身子。主人看一眼铁锅，铁锅也张着翅膀，伏着身子。它们的翅膀那么短，却这么努力。

"妈妈，我不忍心。已经一个多星期了。"

阿酒听了，沉默。

铁锅听了，也沉默。

它们看着这个房子，里面堆着废纸箱，还有一辆电瓶车。靠门的一侧，是一台洗衣机。

"我想当妈妈。"

"我也想当妈妈。"

阿酒看着铁锅。铁锅看着阿酒。它们的身体紧挨着的，彼此能感觉到对方的体温。

这里，再也没有雨的肆虐。孩子，你要好好的呀。

阿酒记得，在前主人家的时候，它想当妈妈，主人见它整天蹲着，不再生蛋，脸上像拉上了铁丝网。主人把它的双脚绑住，丢到池塘里。阿酒不停地挣扎、自救，翅膀把池塘里的水葫芦拍得哗哗响。阿酒却觉得，那分明是它的哭泣声。

主人过来了。只要有空，她就要过来看看。每次洗衣服，她也要看上半天。她离阿酒那么近，要是以前，阿酒早逃了，躲了。

阿酒背部酒红色的羽毛像浪花一样翻腾起来。它在心里默默地说："别伤我孩子。"

铁锅背部黑色的羽毛像云朵一样涌动起来。它在心里说："别，别。"它俩弓起背的时候，是内心不安的时候。

主人把吃的装在盆里，轻轻地呼唤："阿酒，阿酒。铁锅，铁锅。"肉的香味和饭的香味一点点传过来。那是主人专门为它俩准备的。阿酒没动。铁锅也没动。

"几天没吃了，身体怎么吃得消啊。当妈妈的，要多为孩子想想啊。"

"走，去补补体能。"阿酒说。

铁锅跟着站了起来。它俩象征性地吃了一点，就回去了。

雨越来越缠绵了，空气里仿佛发酵着忧伤的气息。

孩子一直没有动静。不，它们一定是在睡觉，是在补充营养。时间到了，它们就出生了。阿酒坚信，铁锅也坚信。

四

"出来了！出来了！"惊呼声里，主人的衣服掉在了地上。

阿酒的右胳膊下，钻出了一个小脑袋，正用稚嫩的童音唱着歌儿。

"二十一天！刚好二十一天！"主人忙着拍照，忙着打电话，"妈妈，妈妈，成了成了！奇迹啊奇迹！"

这个孩子，就叫小丝。它的羽毛就像柔柔的丝瓜花，那淡淡的又明亮的黄，多么像小丝唱的歌儿，藏着阳光，又藏着露水。

小丝一会儿钻到阿酒的肚皮下，一会儿钻到铁锅的腋窝下；一会儿亲亲阿酒的嘴巴，一会儿亲亲铁锅的脸颊。

又过了一周。再没有一个新生命出生。主人对阿酒和铁锅说："伟大的妈妈们，不要再坚持了。"她把剩下的蛋撤了。

"好奇怪。"主人说了半截话，走到院子里那株大紫苏身边的时候，后半截话才溜了出来。主人喜欢对着紫苏喃喃自语，有时还会在紫苏旁念自己刚写好的文章。紫苏弯了弯腰，散发出淡淡的清香。

守护 秋珍

铁丝网的一侧开了一道小门,可以出入。

小丝出现的时候,院子瞬间亮了。栀子花卖力地把香味撒向阿酒和铁锅。麻雀在石榴树上招呼它们:"好想好想你们啊,老朋友。"自从阿酒和铁锅去了车库,这个曾经热闹的土坑,变得格外冷清。

小丝喊:"妈妈!"阿酒应:"宝宝。"

小丝又喊:"妈妈!"铁锅应:"贝贝。"

阿酒和铁锅,走得有些摇晃。不知道是阳光晃了眼睛,还是肚子瘪瘪身子不够给力?

不过,院子里马上有了小米、玉米、菜叶和肉末。

"宝宝,快来吃。"

"贝贝,先吃这个。"

几只麻雀倏地落在一旁,和往常一样享用起来。它们看上去长得一模一样。"孩子,多吃点。"麻雀妈妈招呼着。

小丝吃了几粒小米就饱了。它看着麻雀一家,心里有了疑问:"我怎么和妈妈长得一点也不像?到底谁是我的妈妈呀?"

它看见成熟了的栀子黄黄的,就踮起脚喊:"妈妈,妈妈。"栀子笑道:"孩子,你的妈妈就在你身边啊。"

五

主人又开始念文章了:

"你的羊，什么时候卖我？"络腮胡子问。

"不卖！"十一的声音像弹弓上的石头一样射出去，有着决绝的气势。

"没有一只羊，能过得了冬天。"络腮胡子很确定地说。他的声音不是很响亮，却好像有回声，十一的眼前瞬间闪过几道明晃晃的闪电，滚动着作响的雷雨声。

"为什么？"十一不想听到原因，但他还是问了。

"冬天所有的草都枯死了，羊没有吃的，怎么活？"

主人喜欢边写边呼吸着紫苏的清香，让笔下的故事流淌。

在小丝眼里，紫苏是最有文化的。它听的故事一定比主人家的多肉还多。

小丝想：小羊的妈妈去哪儿了？它为什么不带着孩子？不过，它问出来的却是："紫苏姨，妈妈长什么样子？"

"天下的妈妈都长一个样子。"紫苏微微地笑着，"最爱孩子的，就是妈妈。"

这天上午，一阵风刮过，一张 A4 纸滑进了水池。头天傍晚，主人拿着它比量自己的腰，又随手把这张纸放在一块石头上。

"叮"，小丝的双脚落在了 A4 纸上。A4 纸原本平平整整地在水上游荡，突然多了一个闯入者，竟开心得忘记了方向。

"咚"，阿酒跳了下去。"孩子，危险啊。"

"好玩，好玩。"小丝忍不住跳起舞来。A4 纸突然往下沉，小丝

呛了一口水。恐惧瞬间笼罩了它。阿酒奋力游过去,让小丝跳到自己的身上。

　　它向岸边游去。它想起了那口池塘,那口让它哭泣的池塘。水就像梦魇,让它不敢触碰。它感到自己的身子越来越重,就要沉下去了。突然,它得到了一股力量。铁锅正竭力托着它。它俩爬上水池一侧的狐尾藻,上了岸。

　　"孩子,你还好吗?哪里不舒服?"

　　"孩子,你吓死妈妈了。"

阿酒和铁锅顾不上自己颤抖的身体和被呛了水的鼻子，围着小丝嘘寒问暖。

六

麻雀天生像个热心肠，对很多事情都充满热情。

"我看阿酒才是你妈妈。你看，你的身体带着一点酒红色。"一只麻雀说道。小丝的身体沾了水，颜色变得深了一些。它转动着脖子，怎么看也看不出酒红色来。

"我看倒有点像铁锅。你们看，隐隐透着黑色呢。"另一只麻雀说。小丝转动着脖子，怎么看也看不出黑色来。

"我们都是你妈妈呀。你长大了，就和我们长一样了。"阿酒说。

"我的身体会一半酒红色，一半黑色吗？"

阿酒答不上来，铁锅也答不上来。但它俩很是为小丝高兴。"我的孩子，多聪明。它的问题是世上最有深度的问题。"

这么有深度的问题，谁能解答？

小丝看了看栀子，栀子摇了摇头。

樱桃树听了半天，终于说话了。它健壮的身体在多肉们整天的赞美声里，更见精神了。

"孩子，我亲眼看着你的两位妈妈，为了孕育你，即使遭遇雨的侵害，也不退缩、不放弃啊。它们的身体一天天消瘦，看得我们心疼啊。"

幸福时光 秋珍畫

吹夏天的风

"妈妈！"阿酒应："宝宝。"

"妈妈！"铁锅应："贝贝。"

"瞧这一家子，多幸福啊。"樱桃树带头鼓起掌来。

石榴、栀子、山茶花、蜡梅、代代，都鼓起掌来。

不过，小丝还是想知道答案。本来，它不想去打搅紫苏。它担心自己的问题不够深刻。

听了小丝的疑问，紫苏依然微微地笑着。"孩子，我送你一段话吧，这是主人很爱的文字。"

"它总是挺着脖子，表示世界上并没有可怕的东西。一只鸟儿飞过，或是什么东西响了一声，它立刻警戒起来，歪着头听，挺着身预备作战。当它发现了一点可吃的东西，它就'咕咕'地紧叫，啄一啄那个东西，马上便放下，教它的儿女吃。"

"你说，它是谁？"

"当然是妈妈呀。我的两位妈妈都是这样的。"小丝说。

"你的两位妈妈生下了蛋，抢着孵，抢着爱，连你出生时的蛋壳，都是每位半个呢。它们爱你的心，真的像水池的水一样满啊。我们做儿女的，又何必去纠结模样像谁呢。"

"每一位妈妈都是英雄。我长大了，一定要孝敬它们。"

几个月后，小丝长大了。它满院子跑来跑去。如果多肉看见它健美的身体，一定会惊叫的。

只是，它忘记了妈妈。它忘记了这世上，有两位叫阿酒和铁锅的妈妈，对它的爱，比满地的多肉还多，比春天的池水还要满。

走过冬天便是春

"母爱，纯粹得不需要任何回报。"主人又在喃喃了，"妈妈，妈妈。我爱你。"

紫苏静默着。樱桃树静默着。栀子静默着。它们的内心，似乎走过了千山万水，见证着美好、温暖和善良。

1989年的楼顶

竖屋,我要竖屋。

父亲右手叉腰,注视着前方。那架势,像极了村口那棵傲立在沟渠边的椿树。

这是1989年的春天。

父亲怀揣两百元钱,开启了此生最大的事业。这些钱,父亲攒了三年。

在老家,盖房子会有一些习俗、讲究。父亲请风水先生合了他和我母亲的生辰八字,择了某日某时,杀了一只雄鸡,将鸡血淋到大米上拌成鸡血米,撒于屋基的四周。撒鸡血米,意在上告土地神此地的归属。此时,必定是深夜或凌晨,大地沉寂,无人干扰。

父亲把一头削尖的松树主干用榔头打入

屋基的四个角，中间也打上一根，把红布绑到松树桩的上端。打桩定位后，点上红蜡烛，一个角点两支蜡烛，再点上行灯，把造房经读一遍，在看定的时辰里，烧掉造房经，用红纸包回经灰，在动工那天浇筑到墙角里。然后，父亲迎着红红火火的行灯回家。

从此，父亲仿佛每天都有使不完的力气。拌水泥、挑沙、浸砖头、递泥桶，父亲都一手包揽。如果他会砌墙，那肯定连泥水匠都不用请了。他经常凌晨三四点起床，把一块块砖头浸到水桶里，让它们吸饱水后再取出来；把水泥和沙加上水，用铲子反复搅拌，以备水泥匠使用。

"等竖好屋，夏天就有地方乘凉了。"父亲乐呵呵的。

老屋破小逼仄，五个人挤在二十个平方的空间里，一到夏天就如上了蒸笼的馒头，个个热得汗流浃背。每到三伏天，我们就拿着草席铺到代销店门口的丁字路上。那里，有讲大话（指讲故事）的人群，躺在草席上听着故事，即使背被硌得难受，也不值一提了。

竖起新屋的人家，盛夏的夜晚可以睡在楼顶。那高高的四层楼，楼顶的风该有多大，星星该有多亮啊。我被父亲描述的楼顶风光深深吸引，恨不得父亲能跳过砌墙的步骤，直接造出楼顶。

三个多月后，砖墙已砌到了四楼，新屋要上梁了。父亲容光焕发。

俗话说，上梁不正下梁歪。上梁是非常重要的一环。民居屋架结构中，正中屋顶脊桁称为"栋梁"，上梁就是上这根桁条。这天也要看日子定时辰。父亲请村中的教书先生写了红纸横批"紫微拱照"，把它贴在楣上。这个"照"字下面的四点写成了三点，意在避火取水，

期盼生活幸福。

　　父亲将九尺长的红布披在梁上，在梁中间绕上三圈，由木匠用五个铜钱交叉钉牢，寄意"五代同堂"。然后父亲点燃香烛拜祭天地。木匠一手提酒壶，一手举酒，边洒边念："一杯酒敬皇天，二杯酒敬大地，三杯酒敬梁头，代代儿孙都封侯；从梁头到梁尾，代代儿孙穿紫衣；梁尾敬到梁中央，荣华富贵万年长。"敬酒毕，泥水匠在左榀，木匠在右榀，同时从木梯爬上栋头，开始上梁，栋梁徐徐上提，放于栋柱榫头上。时辰正时，泥水匠用锤，木匠用斧，同敲三下，安装落位。"砰啪"，随即爆竹声声，满天喜乐。父亲松了一口气，把腰往上挺了挺，笑出了一脸的喜气。

上梁后，还要抛馒头，俗称"抛梁"。此时，父亲和母亲一起拉被单相接，泥水匠、木匠抛馒头入被单，这叫"先利自家"。然后向四面八方各抛一对馒头，再往人多处抛馒头、糖果等。当然，馒头不能抛光，意在生活"有剩余"。

上梁仪式毕，木匠开始钉椽，泥水匠动手盖瓦。父亲的新屋正式结顶。

在家乡农村，建新房叫"竖屋"，谓之行大事。行了大事的父亲脸上有了光彩，但他的背明显地驼了。这家二十元、那家五十元借来的钱，一定是压在父亲的背上了。

新屋一结顶，父亲又忙着收割稻谷。为了生计，父亲种了九亩多稻谷。我儿时的记忆里，最不喜欢的就是夏天。晚上，天热得夜晚无法入睡。白天，有割不完的稻子。稻子割回家后，又要追着天气晒稻谷。父亲请人打了六个地簟，还是不够晒。

造了新屋，父亲的楼顶就成了晒谷场。水泥浇筑的楼顶又平坦又干净。父亲把谷子从一楼挑到四楼，挑得小腿的青筋如蚯蚓一样凸起，挑得脊背成了弯扁担。如果预报第二天不下雨，父亲干脆将塑料膜盖在谷子上挡露水。

那个乘凉看星星的楼顶呢？我想问父亲，终是没有问。

那棵傲立在村口的椿树，透着一股苍苍然的美。

第三辑

收

秋天的果

收

柴火在熊熊燃烧,炊烟解开衣襟,恣意起舞。我仿佛回到了旧时光。

滚花生

第一次听到滚花生,是在十多年前。

秋天一来,年逾古稀的婆婆就会帮人锄花生。收工回家前,婆婆会在收过花生的田里,再刨上一会儿。

回到家,婆婆拿出几斤花生说:"这是我滚来的花生,等下煮起来吃。"这些花生,是遗留在田野的小个子,长得瘦弱,典型的营养不良。把它们清洗干净,连着外壳煮起来吃,有的没有果仁,只有白花花的一层;有的里面是黑的,像被蛀蚀的牙齿;有的带着细长的尾巴,一看就是个淘气鬼。当然,大部分是可以下嘴的。花生仁细细的,粉白色,一咬,带着清甜的香。

吃着婆婆滚来的花生,我总是试图去拼凑婆婆滚花生的情形:没有风,田野上滋滋地冒着热气。一个老人,正以老树的姿势,向土地俯下身子。夕阳将她的影子拓在粗糙的大地上。我看到了另一种明亮,那是刚强和柔软迸发出来的明亮。

后来,婆婆开始自己种花生。她常常变戏法似的,带回一大捧花生,有叶有秆有根,甚至还带着一些泥土。婆婆在水门汀地上摘花生,我也坐在她身边摘花生。一颗、两颗,一把、两把,花生落在一旁的竹篮里,发出脆脆的声响,像家门口的指甲花,奔跑出一地素淡的美好。

在我成长的记忆里,吃花生是一种奢望。整个村庄,没有一家种花生。每一块土地,不是种青菜、萝卜、豆角,就是种稻谷、小麦、红薯。在那个温饱还悬在半空的年代,谁会去种花生这样奢侈的植物呢?有一家也许经不住小孩的恳求,选了一块泥沙地种了一畦花生。这一畦花生,从种下去开始,就被一群狼一样的小孩盯上了。花生还没有成熟,就被拔光了。光秃秃的土地就如被拔光了羽毛的鸟,赤裸裸地展示着那个年代的贫寒和酸涩。

那时,谁会想到几年后,会家家户户种花生呢?

自己种花生后,婆婆依然习惯滚花生。婆婆当了一辈子的农民,十四岁就挑起了家庭的重担,作为土地忠诚的守护者,她对所有的粮食和果实,有着近乎偏执的爱。有一次,婆婆还把老鼠抢走的花生给抢了回来。

那次,婆婆无意中发现有一个地方泥土特别光滑,还泛着白光。

走过冬天便是春

婆婆猜想那是一个老鼠洞。老鼠爬进爬出，改变了泥土的形态。婆婆像地下工作者一样，带着一份隐秘的想法，追着洞挖，没多久就挖到了老鼠的粮库。"你看，足足有五斤呢。"婆婆笑着，那把忠诚的老锄头，叩击着泥土，发出"叮叮咚咚"的声响，仿佛是胜利的号角。

如今，八十五岁的婆婆不仅有高血脂，还得了阿尔茨海默病。她像个果敢的智者，把大部分往事抛弃在时光的山沟里。

一个偶然的机会，得知花生芽老少皆宜，脂肪含量低，维生素含量高，白藜芦醇的含量是花生仁的一百倍，我决心做一道花生芽。

花生有粉皮和红皮两种，做花生芽，粉皮花生是首选。把花生剥离果壳，是一项手指运动。右手大拇指和食指用力一按，花生"啪"的一声，裂了口，再用两个大拇指一掰，花生仁就出生了。它们往往以双胞胎的画风登场，小耳朵一样的果壳，摇篮一般接纳着胖乎乎的花生宝宝。偶尔，摇篮养育出单胞胎或三胞胎。有的花生宝宝胖乎乎的，撑得摇篮没有一丝空隙；有的瘦不拉几的，不用太使力，果壳就破了。挑出外衣破的、果肉瘦成枸杞干的，颜色变灰、变黑的舍弃或干吃，其他的选一部分泡在清水里。

二月，我把泡得胖乎乎的花生装在淘米篮里，上面盖一块洁白的纱布。每天洒一点水。二十天过去，花生像睡着了一样，毫无动静。天气太冷，没有达到一定的温度，花生对我的意愿有心领会，却无力执行。直到五月，我又开始浸泡花生，只需三天，花生就冒出了芽。淋水坚持了一周，花生芽有了气候，有了一两节食指长。

发了芽的花生，宛如一只只长嘴鸟，在欢快地唱着歌；有的花生芽努力地往淘米篮的洞外钻，仿佛倒生了一片玉色的丛林。发了芽的花生慢慢脱掉粉色的外衣，露出玉黄色。

把腊肉切成薄片，和辣椒、生姜一起炒出香味后，倒入花生芽。

出锅前加点葱花。不喜欢吃脆的，可以将花生芽放高压锅里压上两分钟后再炒。

"好吃吗？"我把花生芽端到婆婆面前，弯着身子等待婆婆的评价。其实，我知道婆婆不会和以前一样，乐呵呵地说："危险（很）好吃。"如今的婆婆，成了一颗老去的花生，每天蜷缩在自己的摇篮里，不愿意苏醒。

"好吃吗？"我再次问婆婆。婆婆笑了。"呵呵，呵呵。"两个"呵呵"之间，是毫无内容的空洞。

婆婆把自己丢了，但透过时光的镜片，我又一次看到了婆婆滚花生的情形。

熬脂油

朋友约我去一家新开的店里吃面，说那里有一道特色面，能唤醒童年的味蕾。

原来是油渣面。黄亮亮的油渣，搁在长长的拉面上，让我恍惚间，不知谁是主角，谁是配角。

油渣，家乡人称之为"脂油壳"，是我儿时难得享用的美食。

那些年，家里的油装在一个陶制的猪油罐里，平时除了炒菜用，客人来了下面条和烧粉干时，才会端出来挑上一点。

油吃得很慢。平时的菜多半是蒸煮的，没有油星。那个猪油罐被刮得干干净净了，母亲才会熬脂油。猪身上能熬出油的有肥肉、花油和板油。板油是最出油的,它是猪肋骨边靠近内脏附近的肥膘,有薄薄的膜包裹着,剥下来一板一板的。母亲买回一板,切成一小块一小块,用文火慢慢地熬。

熬,就像地底的种子需要一日日挣扎才能迎来曙光,就像雏鸟的翅膀需要不断磨砺才能亲近蓝天,熬的是耐心。在东阳坊间,如果一个人干活慢吞吞的或者做事没有热情而拖拖拉拉的,就会被人说成"熬脂油"。每次看母亲熬脂油,我都恨不得时间能像弹簧一样被我压短。那些小云朵一样的板油在铁锅里睡着了,好一会儿,才"哧哧"地有了小动静。母亲拿过锅铲左右铲上几下,又搁在灶台上。熬脂油的开始,像极了春天的开始,说是要春暖花开了,可盼啊盼啊,风还是冷冷的,水还是凉凉的,阳光还是淡淡的。

母亲一会儿往灶膛添一把柴,一会儿灶台铲几下。不知过了多久,云朵飘了起来,一直飘到半空,它们拥挤着、翻腾着、蜷缩着,尽情地散发出春天的气息,蜜蜂一样扇动着翅膀,扑腾出满屋的香味。

熬出的油把云朵越托越高,最后停下了脚步。白色的小云朵仿佛被阳光穿透,一朵朵披上了黄色的衣裳,玉米黄、稻草黄、棕黄、鲜黄,不同层次的黄,给了它们与众不同的气质。它们活泼泼地漂浮着,发出嘻嘻的笑声,仿佛从俏丽的姑娘用葱指掩住的嘴角偷偷跑出来,轻轻的,带着迷人的诱惑。母亲一手用筷子夹过黄色的"小云朵",靠在锅壁上,一手用铲子挤压,油从云朵里像小溪流一样毫无章法地淌回锅里,和先前熬出来的油汇合。

挤压过的黄色云朵就成了真正的脂油壳。它们一块块被搁在盘子上，盛开着，放纵着。我仿佛看见那里伸出了一双小手，一把拽住了我。我倏然取了一块，就往嘴里送。软和脆两个小精灵，带着香，带着油,"呼啦"一下冲进我的嘴巴，跑进喉咙，一直往下奔跑，全身的细胞忽地活了过来，也开始了奔跑。脂油壳跑得不见了影儿，香味还在嘴里盘旋着，久久不散。我舔了舔嘴唇，才发现下嘴唇起了一个泡。刚从油锅里"出浴"的脂油壳，带着火火的热情，生生把我"吻"出了一个印记。

给脂油壳炸出了油，母亲开始准备辣椒。辣椒是母亲自己种的，常年挂在南边的木格子窗户边，有风吹着，有阳光照着，有屋檐挡着。一串串辣椒红红的，干干的，被阳光喂饱了，显得精神。它们身上的皱纹，仿佛岩石上的褶皱，有一份沉淀的厚重。母亲扯下几个辣椒，把它们切成指环一样的小圈。此时，灶膛不再添火，只凭火星子热着锅。母亲把切好的干红辣椒撒入油锅，只听"嗤"的一声，辣椒全部变成了深红色，在热油里翻滚着。脂油的香和辣椒的香缠绕在一起，仿佛一株青藤，葱茏出鼻尖上的春天。

有时，母亲会不动声色地留几块脂油壳在油里。炒菜时，素菜俨然升级成了荤菜。那一块块油亮亮的脂油壳，像一枚闪亮的印章，慈悲，温润。母亲夹一块脂油壳放到我碗里，并不说一句话。她的心意已然融在香香的脂油壳里，嵌在暖暖的艰辛岁月里了。

香香的鱼

我有两次晚上挂急诊的经历，都是拜鱼所赐。

正吃得酣畅淋漓间，突然，喉咙被鱼刺扎了。平时看多了报纸，知道咽饭团、喝醋等土办法都不靠谱，最英明的做法是去医院。一路上，我不能说话，不能吞咽，担心着鱼刺像新闻里说的，随着血液游走全身。医生打开超级亮的灯，我很配合地发出"啊啊啊"的声音。可无论我把嘴巴张得多大，他都找不到鱼刺。

"没有鱼刺。"这声判决，又温暖又残酷。来回折腾的时间和金钱，够我好好吃上一餐鱼的了。虚惊一场后，我的经历成了茶余的笑谈，可我对鱼的喜欢没有因此削减一毫。

我对鱼的感情，就像鱼对水的感情。朋友、同事钓了鱼，常常会想到我。经常给我送鱼的是姐姐。姐夫是个钓鱼迷，三天两头在湖泊、水库边钓鱼。姐姐家的院子里，有个大大的水池，专门养鱼。她家的鱼，很多进了我家的厨房。

　　吃得最多的，是鲫鱼和螺蛳青。

　　鱼要好吃，首先要鱼好。瘦瘦的，生活在野塘的土鲫鱼，怎么烧都好吃。杀好鱼，我一般会沿着鱼的脊背，两面都密密地切一遍。这样能更好地防止鱼刺扎喉，也更入味。品质好的鲫鱼，无论清蒸，还是红烧，都非常鲜美。如果加入嫩豆腐，就更提鲜了。豆腐和鱼，门当户对，天生绝配。就像一个普通的女子，遇上赏识她的男子，就会浑身散发出迷人的光芒。鲫鱼炖豆腐，这道菜含有大量的蛋白质，有补钙的效果。我的儿子个子比我们夫妻俩高出不少，我相信有鲫鱼炖豆腐的功劳。

　　我吃过的最大的螺蛳青，自然也是姐夫钓的。那条鱼，黑得发亮，粗壮得我不敢靠近。还好，我的好邻居在家，使出九牛二虎之力把它降服，并大卸几块，几位邻居分了。我留下的是鱼头。烧了鱼头炖豆腐，满满的两大盆，吃得一家子连呼痛快。

　　最传奇的，是另一条螺蛳青。姐姐送鱼来后的第三天，我告诉她，鱼吃完了，没送人。姐姐当即就呆住了，"七八斤重呢，就你们两个人全吃完了？我们家的这条，还没开吃呢。"

　　以前姐姐送过来的鱼，我选择和大家分享。这次，我是想看看自己对鱼的爱到底有多深。我家的厨房能"证明"，我对鱼，是痴心不

改的。不会因为它的频频出现，就心生反感。对待美食，和对待感情，我都深情如一。

那两天里，我给这条螺蛳青找了好多搭档，烧了酸菜鱼、黄瓜丝鱼、牛肉茄子鱼、香葱蘑菇鱼、苕尖鱼、砂锅木耳鱼。连早餐，我都烧了鱼。无论哪种烧法，除了家常的配料，我还喜欢加少许白酒。大鱼的腥味更重，有了白酒，不仅去腥，还能增鲜。此外，我一般只加生抽，不加老抽。这样烧出来的鱼汤，呈乳白色，入口鲜美。为了菜的品相好，几乎每一种烧法，我都会配一点红辣椒或番茄来增添色彩。不要小看色彩的作用，有了诱人的颜色，才会更好地激发享受食物的欲望。

　　一食一味，一餐一情。每一道菜，都是爱生活、爱亲人的证明。我不能给你全世界，但是，我可以把厨房的世界给你，让你走到哪儿，都念着家里的美食，念着那个温暖的味道。

六谷

奔跑，奔跑，在一大片六谷地里。

六谷像鸡蛋那么大，叶子像刀剑那么锋利，我的脚步像六谷须一样杂乱。

醒来发现，被子被我踢成了收割过的六谷地。

六谷，就是玉米，明朝时传入中国，成为五谷之外的"第六谷"，以金灿灿的姿态登上家家户户的灶台。

小时候，家里每年都要种六谷。每到夏季，父亲就会掰几个嫩六谷，煮起来让我们啃。嫩六谷不甜，但汁液丰富，我们吃得有滋有味。有时横着啃，啃出一道整齐的田塍；有时转着啃，啃出一圈领地后，再迅速拓展；有时啃得毫无章法，仿佛饿极的野猪在拱地。

吃嫩六谷只是尝尝鲜，为过嘴瘾，我们会背着大人去掰几个。把六谷苞剥开一点点，一看籽粒不饱满，就把苞子合上；倘若不能确定，就悄悄地用指甲掐一下，乳白的浆液"嗤"的一声喷出来，那是六谷在炫耀，当下"啪嗒"一声掰下。用棒子插进六谷芯，放在火上烤，或者直接埋火堆里。六谷鲜嫩的籽粒在火里噼里啪啦地响，黄澄澄的颜色迅速被黑色的精灵拥抱，像萧萧夜色，网一样笼罩。独特的香味在亮黑色的裹挟下，侵略着鼻子、眼睛以及嘴巴。等大家把或烤或煨的六谷吃下肚，嘴巴早被描上了一圈黑色，煞是可爱。

有一年，父亲种的六谷遭遇了天灾，一个个六谷比鸡蛋大不了多少。在那个年代，一家人，可都是依赖土地刨食啊。好在父亲没阴沉多久，脸色又开了。他兴致勃勃地开启了新的计划。

到了六谷成熟的时节，家里的大方箩里就盛满了六谷棒。晚饭后，一家人围着一个大团箩，开始搓六谷。邻家的小孩纷纷过来围着团箩坐成圆形。父亲用长钻灵巧地给六谷犁开一道道沟，我们左右手各拿起一个犁过的六谷，互相摩擦，六谷就像雨一样落到了团箩里，有时下小雨，有时下阵雨，忽缓忽急，多么像童年的脚步。孩子们开始用清亮的眼神望着父亲，父亲就开始讲故事。大家起劲地搓着六谷，耳朵竖得高高的。"有一只麻雀飞进了粮仓，'嘟'的一声叼起一粒粮食飞走了。""然后呢？""又一只麻雀飞进了粮仓，'嘟'的一声叼起一粒粮食飞走了。""然后呢？""嘟嘟嘟，让它们先叼一会儿吧。""哈哈哈……"笑声像六谷粒，溅起了金黄色的快乐。

搓下来的六谷晒干后，父亲会选出饱满些的炒着吃，炒的时候有时会加点沙子。当铁锅开始烟气袅袅，六谷开始跳舞，噼里啪啦的声音就随之响起。此时，边上会有一只小手，从锅里捡起一颗，往嘴里送。"嗤嗤"，牙齿似乎在冒烟。六谷带着香，带着似脆非脆的暧昧，亲近着舌尖。只是稍稍停留了一会儿，牙齿就帮助它继续前行。

父亲也捡起一颗，在手心搓了搓，丢进嘴里。"可以了。等凉了，就脆了。"父亲果断起锅，把六谷摊在米筛上。沙子很主动地跑到了地上。筛面上的六谷胖乎乎的，一粒粒红着脸，互相推搡着，簇拥着，似乎在等待着精彩的演出。有的六谷成了巨无霸，开出了米白色的花儿，像公鸡高高的鸡冠，家乡人形象地称之为"雄鸡花"。你一颗，我一颗，大块头的雄鸡花在贫瘠的时光里，开出了幸福的模样。

将搓下来的六谷晒干磨粉，可以熬六谷羹、贴六谷饼。那时的我，端起六谷羹，就会悄悄来到角落，挑出硬邦邦的青菜梗丢在水沟里。六谷饼有些干硬，往往要夹上咸菜、豆腐，或者抹一点豆腐乳。有时父亲会带一两个出去，干活饿了，就啃上一个。

如今，炒六谷的活大多被机器所代替。六谷羹和六谷饼因了六谷品种的改良和辅助食材的丰富，变得越来越好吃，成了不少店家推出的特色小吃。

只是，那些一边搓六谷粒，一边听故事的日子，再也回不去了。

水蒸蛋的幸福

一个白瓷碗,两个鸡蛋,在厨房的大理石面板上静默。不动声色间,牵引着童年的时光翩跹而来。

老房子很小,母亲留了老木柜背后的一个小角落给母鸡生蛋。一个破的竹篮,上面铺些稻草。每到傍晚,母亲就抓过母鸡,把食指一抵鸡屁股,默算着哪只芦花鸡有蛋,哪只黑母鸡没蛋,计算着第二天鸡蛋的数量,盘算着家里的支出。

鸡蛋,是农家人的钱包。亲人坐月子,送几个鸡蛋;亲戚来做客,煮两个鸡蛋;朋友结婚,把鸡蛋卖了买礼物……人情往来,柴米油盐,都要在鸡蛋上打算盘。我看着鸡蛋在那个黑亮亮的罐子里被摞得高高的，又慢慢地矮下去，便巴巴地盼着过生日。生日这天，母亲必然会煮两个鸡蛋。圆滚滚的鸡蛋，在手心里捏着，从村子的东边逛到西边，村头逛到村尾，收割着小伙伴们羡慕的目光。直到鸡蛋凉透了，我才会剥了蛋壳，一小口一小口，慢慢地享用。此时，空气如黏稠的旋涡，在家门口的青草上结晶。幸福，如此充沛。

某年中秋，我在外婆家吃到了水蒸蛋。滑嫩嫩、黄澄澄的水蒸蛋，真是好吃得"掉眉毛"啊。从此，念念不忘。

一次，我不知为何狂拉肚子，身子虚脱无力。母亲背着我去村里的赤脚医生处看病。回来的路上，母亲问我想吃什么。我脱口而出：水蒸蛋。

几年后，家里条件渐渐好转。水蒸蛋不再是稀罕之物。母亲将鸡蛋往灶沿上一磕，一份红黄相间如朝阳般的鸡蛋液滑入高脚碗。再一磕，两份鸡蛋液卧在碗底，并肩微笑。母亲用小调羹加入细盐，倒入凉开水，取一双筷子按顺时针方向搅拌。

等米饭煮开了，母亲打开铁锅的木盖子，拿勺子舀出汤水，放入蒸架，把装有鸡蛋液的碗放在蒸架上，再盖回木盖子。火苗继续舔着锅底，舔着舔着，米饭就发出快乐的声音，"啪啪啪"，像压抑着内心的欢喜暗地里放着小鞭炮。母亲撤掉明火，让米饭再焖上一会儿。

在热气腾腾的米饭上面，母亲端出了水蒸蛋，撒入葱花，挑一点猪油。嫩黄色的蛋、嫩绿色的葱，像极了初春的原野，沉睡的一切都在水蒸气里醒来，肠胃的每一层褶皱，都被熨得平平整整，舒舒服服。

时光的风呼啦啦地跑,把自己跑得充盈起来。如今的我,嫌水煮蛋的蛋黄太干,早就不爱吃了,水蒸蛋也是很久没吃了。以前想都不敢想的美味佳肴,早已宠坏了我的肠胃。某天,朋友送来海参和花蛤,我突然想做一个高配版的水蒸蛋。

我取了两个鸡蛋,一个白瓷碗。在白瓷碗里打入鸡蛋、加了海盐后,倒入凉白开。而冷水有较多的气体,蒸出来的鸡蛋不光滑。作为一个吃货,厨房向来是我的领地。我蒸的鸡蛋,从来没有因为时间过头,成了蜂窝状;也没有因为时间不够,水蒸蛋成了水花花。我自信满满地把加了花蛤和海参的白瓷碗放进高压锅。高压锅上气后两分钟,我关了煤气,期待着水蒸蛋的华丽登场。它既有小时候明澈的味道,又有新生活蓬勃的滋味。

可是,海鲜蒸蛋根本没有想象中的好吃。海鲜的鲜和鸡蛋的嫩,似乎各自为伍,无法交融。

不知什么时候起,母亲又开始养鸡了。她在新房子的院子一角搭了个小砖房,门口用稻草做了个鸡窝,还买了一个装了轮子的镬灶。我回家时,母亲正架着镬灶在门口煮饭。柴火在熊熊燃烧。炊烟解开衣襟,恣意起舞。我恍然回到了旧时光。

吃饭时,我才发现母亲做了水蒸蛋。嫩滑如果冻,黄亮似柚子,配着嫩绿的葱、浅红的生抽,色香味齐齐上阵,彻底把我俘虏了。

原来,母亲把我无意间的感慨,放在了心上。

后来,只要我一回家,母亲就会让我带走一袋鸡蛋。自己养的鸡生的蛋,才好吃。母亲很是笃定。

我拿过搁在大理石上的两个鸡蛋，它们一头俏皮，一头憨厚，个个小巧玲珑。我把它们磕到白瓷碗里，加入冷开水和盐开始搅拌。筷子在顺时针运动，鲜黄色和亮白色开始旋转，起舞，融合。看着看着，我的眼前幻化出恢宏的场景：一个顽童正在搅动大海，犹如千军万马在旋涡中起伏嘶鸣，划出层层叠叠的圆润的弧线，不停地向深处开拓。马儿扬起的鬃毛化成了可爱的云朵……我把筷子一收，海浪顽皮地摇摆一二，倏地收了脾气。眼前是一片可爱的嫩黄色，带着温润的质感，轻浅的美好。

　　窗外的阳光，洒在嫩黄色的水蒸蛋上，就像在述说一个幸福的故事。

糖梗里有没有糖

暗红的身段,藏着甜美的汁水;锋利的叶片,不知割伤多少人的手。

少年时期,我心心念念的,一直是它——糖梗。

"七月半糖梗七节半,八月半糖梗八节半。"中秋前后,是糖梗收割的时节。可荷花初开,糖梗才长出三四节,父亲就会蹬几根回家。他用肩膀驮着短短的糖梗,有时直接拿着根部,让梢头拖着地。父亲一路走过,留下叶子摩擦发出的唰唰声。他经过石头铺就的丁字路口时,路边总会传来一个酸溜溜的声音:"你这样早蹬糖梗,人家小孩馋了怎么办?"那是我小学同学的爸爸。

父亲的脸上浮起笑容。他并不搭话，心想："我家的孩子，也就可以拿糖梗宠宠，我舍得。"

撇去叶子，剁去梢头，糖梗就那么一截，像一根单薄的吹火棍。夏天的糖梗皮，带着浅浅的黑，黑里透着一点红。从梢头那边开吃，糖梗的汁水简单得像白开水，但它们经过牙齿的撕咬和嘴巴的咀嚼，显出了不一样的滋味。一点一点往根部吃，白开水慢慢加进会奔跑的糖，它们妥妥地被溶化了，甜入我们的口腔、舌头，一直甜入每一个细胞。整个西楼村，只有王福根家的孩子，才有这样的待遇。那是贫瘠的生活里，父亲赠予我们的奢侈。这是父亲的骄傲，也是我们的骄傲。

就这样吃到糖梗成熟，一畦糖梗的中央，露出了一个口子，像老人掉了几颗牙。风口的糖梗特别硬，父亲留着自己吃。好几次，他吃得牙齿疼，两颊酸。

有一次，我问父亲："为什么不把它们一起卖了？人家又认不出。"父亲语气低沉，却有着不可撼动的力量："万一老人硌了牙，万一小孩受了伤……"

哪有这么多万一！弟弟一直生病，天天用钱，要这么多讲究干吗？

父亲将糖梗下端的枯叶剥得一片不剩，拗断上面叶片尚青的梢头，用锄头起出根部，将它们一根根掰开，用砍柴刀削去根须，然后打成捆，装进独轮车去县城叫卖。

"我也去。"其实，我只是想去县城看看，县城的天空一定比乡下美。"卖——糖梗！"父亲的叫声有一点沙哑，像糖梗叶片拖过地面，

148　　　　　　　　　　　　　　　　　　　　　收秋天的果

拖过一条条街道。那天，天下起了雨。天空灰灰的，一点也不美。糖梗好像也罩上了灰色的云，它们沮丧地躺在独轮车上。正午，父亲带我走进一家小饭店，点了一盘螺蛳。螺蛳怎么吸也吸不出来。要搁现在，肯定会让店家重做，把螺蛳烧熟。父亲的脸色，积雨云一样压着，他低着头，轻声说："可能在怪我们，只点了一个菜。"父亲把可怜的一点螺蛳汤倒进我的饭里，用被糖梗叶割得伤痕累累的手，扒拉着硬邦邦的饭。

  1988年的夏天，父亲走进邻居的家门。邻居是一位七十多岁的老人，头发全白，身体康健。最让人羡慕的是，她有退休工资。父亲向老人借了三十元。弟弟的肾病病情加重，父亲实在不知道应该去哪筹钱。他多么希望钱能够像种糖梗一样，只要用铡刀将成熟的糖梗节一节一节锯下来，埋到土里，就能长出一根甚至很多根糖梗啊。

  父亲去窑厂干活，大热天进窑洞，把烧好的大缸、钵头一件件取出，又用独轮车运到四十里外。父亲给人拆老房子，站在土墙上，拿着简易的工具，往下一寸一寸地推墙。父亲没读过书，他赚钱的方法，只有出卖自己的汗水。

  秋风渐起，糖梗成熟。父亲卖了糖梗，把一张张零零碎碎的钞票整理得平平整整，准备去邻居老人家还钱。我穿着小姨送的蓝色灯芯绒褂子，吃着甜甜的糖梗，跟在父亲的身后。老人接过钱，在父亲的千恩万谢中，看了看我，还冲我笑了笑。

  父亲的脸像夏天的糖梗皮。还了钱，那糖梗皮上洒上了一层蜜糖色的阳光。

次年夏天，父亲带回一个不好的消息。老人向父亲催要三十元钱。父亲说起这事的时候，我正在灶台后面，用吹火棍吹火。火不肯配合，烟霸道地往外闯，把我的眼睛弄出了泪水。

终于，火起来了。火苗紧贴着木柴，艰难地燃烧着。

"我们要抓紧攒钱，再还一次。"

"为什么？"

"没有别的人在场证明我还了。再说，老人家因为这件事气坏了身体怎么办？"

那我们该怎么办？我的心仿佛划过一把钝刀，一点点地割裂，疼得能听见回声。

深秋的时候，父亲又还了一次三十元。他的下巴瘦得像一把锥子，仿佛随时会掉下来。他的皮肤又黑又红，像成熟的糖梗皮。

我穿上蓝色灯芯绒裤子，吃着糖梗，一遍遍地从邻居家门口走过。我多么希望老人看见我，看见我穿的灯芯绒裤子，看见我的糖梗，想起父亲已经还钱的事情啊。

糖梗种下了，又成熟了。成熟了，又种下了。日子周而复始。我的灯芯绒裤子已经磨得变了色，老人还是没有想起来。

直到老人去世，三十元的故事被彻底埋进泥土里。

1997年的春天，弟弟离开了我们。因为疾病，也因为没钱医治。

从那以后，我再也没有吃过有着暗红色外衣的糖梗。糖梗里，藏着一节一节苦涩的记忆。它们像吹湿柴的吹火棍，在努力和无奈中，生出一团团烟雾，把路过的人弄得泪眼蒙眬。

风和老鼠都会唱歌

一

风,忽而在燕子树的手臂上跳舞,忽而在牛筋草的头顶滑行,忽而在黄泥坡的胸膛上翻跟头。

和风一起调皮的,是松鼠。它站在一棵米字形松树的枝丫上,蓬松的尾巴在风中微微抖动,一双圆圆的眼睛,滴溜溜地打探着,仿佛打出了一串胖乎乎的问号。

和松鼠一样好奇的,是我。

黄泥塘弄中学在我眼里,是一个新奇的世界。

前排是教师宿舍,一层的瓦房;中间是教

学楼；后排是学生的宿舍，也是一层的瓦房。最南边是一个操场，一丛丛的芨芨草茂盛得像青春期男生的头发。风一吹，操场上的黄土就飞扬起来，俨然武打电影里的场景。

当然，最吸引我的是学生宿舍后边的树林了。一棵棵松树或笔直地插向天空，或弯曲着身子做舞蹈状。燕子树高高大大，盘曲着枝条，一串串的果子，像一道道水晶帘子，如一条条翡翠项链，又像表演杂技的燕子。微风轻拂，小燕子们扇动着翅膀，似乎还能听到它们"啾啾啾"的声音。

黄泥塘弄中学接纳了远远近近几十个村子的学生，远一点的都自带米饭和菜，在学校里吃午饭。宿舍里，是木质的床，窄窄的，分上下铺。一侧放了一张坑坑洼洼的木桌子，上面摆着住校生从家里带的瓷罐或者玻璃罐。里面装着五天半的菜。挨到周六中饭后，住校生才能回家。

住校生带的菜，一般是霉干菜。爸爸说，东阳人读书勤奋刻苦，吃的是霉干菜，穿的是土布衣。靠着"霉干菜精神"，东阳被称为"博士之乡"。他要我带着霉干菜住校去。

我的记忆里，家里吃得最多的菜也是霉干菜。有的时候，干脆就一点酱油冲开水泡饭吃。一贫如洗的家境像点在毛边纸上的墨汁，浸染出生活的灰色和不堪。爸爸决定当一个货郎，和艰难的日子"掰手腕"。

当货郎不需要技术。爸爸焊了两只铝皮箱。妈妈做好三四斤糯米糖，薄薄的，像饼一样，一层一层放好，每层垫一些糯米粉，放上十层。另一只铝皮箱放一些针线之类的物件。然后将它们分别放进两只大大的箩筐，再带上板蒸、糖刀以及拨浪鼓等。

爸爸挑了货郎担，徒步一百多里路到嵊州。走的是山路，翻的是山坡。只有那些偏僻之处，才会有"鸡毛换糖"的需求。

连绵的山脉，逶迤着。一簇一簇不知名的花热烈地盛开着。灼灼的神态，灿烂的红云，温暖着山居人家粗粝的生活。但爸爸像一个负重逆水的纤夫，拖曳着家庭的船只艰难地匍行着，哪会去在意两旁的美景丽色呢？爸爸一天来回要走七十多里路，肩上是担子，脚下是山路。上坡时，爸爸"嗨嗨"喊几声给自己力量；下坡时，爸爸尽量将身子往后倾些。阳光并不毒辣，衣衫却湿了又变干，干了又变湿，留下一块块汗渍。

后来，爸爸的腿脚不方便，就改行了，和妈妈一起去了外地。家里只留我一个人。

十岁的时候，我就学会了炒菜。邻居林奶奶见人就说："福根家的女儿，好能干啊。"

周六回家，我把桌子、凳子全部擦拭一遍，把衣服拿到池塘洗了。周日下午，我就开始炒霉干菜。厨房里有一个大镬灶、三口锅，我只用那口小的。家门口离墙几米处，搭了一个简易的雨棚，下边铁轨一样搭了几块长条形的水泥板，上方搭了塑料板。雨棚下一块块木柴整整齐齐地排列着。我抱了几块木柴，放在灶膛一头。引火的往往是松针或落叶。不够用了，我就会去村后的凤凰山上，扒拉一些回家。

霉干菜装在阁楼的陶甏里。陶甏细细的身子，高高的个子，小小的口子。如果要去陶甏的底部取东西，整个手臂几乎都要探进去。几个陶甏一字儿排开，个个装满了霉干菜。我抓了一些霉干菜，在

154　　　　　　　　　　　　　　　　　收秋天的果

小锅里炒起来。炒霉干菜很简单,热锅,放油,倒菜,浇酒,摊凉,盛罐,压实。我收拾收拾,下午三点左右就带上书包,带上霉干菜,走路到学校。

二

学校里,最好玩的课是劳动课。

黄土操场在太阳连续几日的热情拥抱后,变得坚硬凌厉。车轮碾过的地方像冰凌一样突兀着。操场东边有一个山坡,南边有一大片低洼。劳动课的任务是把山坡上的黄泥,运到低洼处。

黄泥塘弄中学的操场,就是一届届学生用他们的双手和肩膀铲出来、填出来的。一开始,它是小小的一块,后来慢慢地往四周拓展,面积才越来越大。

你带竹扁担,我带簸箕。大家锄的锄,抬的抬,一边干活,一边说笑。葛小芳每次都是最卖力的一个。她的父母在外地,她跟着爷爷奶奶生活。她的头发短得像男生,总是穿一件灰不拉几的衣服。葛小芳拿过锄头,就干起来。黄泥像水花一样溅起来,有的落在她的衣服上,有的落在头发上,葛小芳好像一点都不在意。

突然,我惊叫起来,身子猛然一冲一闪,把葛小芳带到了荆棘旁。只听"刺啦"一声,葛小芳右臂的衬衫拉出了一条大口子。

我还在喊着:"虫子!虫子!"

一条长虫子正缓缓地爬行。

"出什么事了?"一双运动鞋携带着尘土,来到跟前。大家抬起头,看见何老师关切的目光。

"小芳,疼吗?"何老师看了看葛小芳的袖子,"去我房间,老师那儿有针线。"

午饭时,我打开饭盒,发现一粒粒饭瘦挺挺的,比以往少了不少。饭没蒸熟。饭盒码在铁笼子里,在搬移的过程中,容易倾斜。我挑一点霉干菜到饭的上面,把饭和霉干菜一起扒拉进嘴里。"咯咯咯",饭粒嚼起来发出坚硬的声音,好像是米粒直接在和牙齿打架。我决定吃完,但吃到最后几口,又改变了主意。

小木窗外,是大片的松树、燕子树以及一些叫不出名的灌木。松鼠在树枝上跳来跳去,有时还会直接从窗户钻进房间。

我把剩下的饭倒在窗台上。白白的饭粒散发着诱人的香味。过了一会儿,松鼠真的来到了窗台。

葛小芳见了,说:"哪天我们带个笼子,养松鼠玩?"

"那不行。到时喂饱了它们的肚皮,我们的肚皮怎么办?"其实我心里想的是,养松鼠可是不容易啊。

小时候,我去村庄北边的凤凰山玩,经过一道沟渠时,一只麻雀突然从树上滑落到水里。也许,它正在试飞。它很小,羽毛被打湿之后,就更显得瘦小了。我决定带回家养。小麻雀嘴巴还带着黄,不停地发出"啾啾"的声音。它是在喊妈妈救它,还是在谢谢我救了它?

家里没有鸟笼。我找出一个透明的塑料罐,用剪刀扎出几个洞,作为透气孔。我把小麻雀放进去,把米饭也放进去。

小麻雀一直在叫，一直不吃东西。

几天后，它的身子就僵硬了。我偷偷地哭了一场。

爸爸告诉我，麻雀是很有气节的鸟，宁死也不愿意被人类驯服。无论是什么动物，它们最好的家都是大自然。人类野蛮的霸占欲，迟早会害了它们。

爸爸还说，当他挑着货郎担，穿行在山间小道上，看到松鼠在蹦来跳去，鸟儿们在唱着歌，他就不觉得自己有多辛苦了。

从那以后，我再也没有捉过一只鸟。

三

从那次劳动课后，我最好的朋友葛小芳变了。她悄悄告诉我，她现在穿的衣服，是何老师送的。

何老师经常请葛小芳帮忙。"小芳，这件衣服老师穿不上了，扔了可惜，你可以帮帮忙吗？""小芳，这衣服我买小了，没法退了，浪费了可不好。"

我也想起了何老师的好。她从来不嫌弃我学习成绩总是在班级中游。当我沮丧时，她会给我鼓励的眼神。

我和葛小芳约好，一起去宿舍后面的树林。

于是，何老师的桌上出现了花儿。有时是淡黄色的败酱草，有时是深紫色的桔梗，有时是玫红色的胡枝子。它们都是小野花，平时默默地开在角落，不被人发现。一旦采成一束，插在瓶子里，高低错落，

倒也不失美丽。

　　同办公室的老师们经常会和何老师打趣："好浪漫呀，谁送的呀？"

　　何老师每次都笑笑。她确实不知道送花的人是谁，这是我和葛小芳的秘密。

　　葛小芳还有一个我无意间知道的秘密。劳技老师是位木雕艺人，讲起圆雕、透空雕、浅浮雕、深浮雕、平面浮雕等木雕知识，那真是信手拈来。劳技老师还展示了一件狮子戏球的牛腿木雕，介绍道："这是双面镂空雕的技法，展现了狮子一家和和美美的场景。看，大狮子哈哈笑着，慈善地伸着舌头，小狮子踩在圆圆的镂空球上，迎着大狮子的舌头做亲昵状。"

葛小芳听得痴痴的。一回到家，葛小芳就开始翻箱倒柜。

她隐约记得，家里也有木雕作品。葛小芳的家，像承受过台风的洗礼一样，萧然而破旧。多少次，葛小芳都想送何老师一件像样的礼物，可是，她能送什么呢？她只能悄悄地采几束野花送上。

葛小芳终于在阁楼的角落，找到了一件木雕。那就是劳技老师说的艺术品，上面雕刻着花和鸟，凹凹凸凸，有着立体的美。

葛小芳找来一块软布，把木雕擦了一遍又一遍。有洞的地方，她就伸入软布的一角，擦上几个回合。葛小芳悄悄地把这件精美的木雕作品放在何老师的桌上。葛小芳从办公室走出去，我刚好走进办公室交作业，瞥见何老师的桌上放着一件木雕。我走出办公室没几步，何老师就和数学老师一前一后地走进了办公室。

突然，一声"啊"的惊讶声，像金属般撞击着墙壁。我停住了脚步。

数学老师的声音变得怪怪的，和他上课时的平缓完全不一样："这是骨灰盒上的一块木板，怎么在这里？你看，这个椭圆形的洞，就是嵌照片的！"

"真的吗？"何老师压低了声音说，"轻点，不要伤了一颗美好的心。"

我心里一暖，差点落下泪来。

四

　　转眼到了梅雨季节。雨一直落，一直落。

　　这座南方小城，下雨叫落雨。我看着窗外的雨，不由得出神。雨是在坠落、降落，还是跌落？它们像一群桀骜不驯的孩子，任性地跳跃，在地上撒欢。

　　我也想当一回雨。竖着落，斜着落，飞着落；落在瓦片上，落在树叶上，落入泥土里，一切都能随心所欲。

　　放学时，雨很懂事地踩了刹车。但天和地，依然灰蒙蒙的一片。雨后的黄泥塘弄中学，宛如一大锅玉米糊糊。黄泥把所有落在地上的雨，都浸染成黄色，水坑东一个，西一个，大大小小，深深浅浅。

　　我拿着一把黑色的伞，合上又撑开，撑开又合上。我是住校生，本应该去食堂或者宿舍，带着饭就着霉干菜，乖乖吃晚饭。可我鬼使神差地往南边的校门口走。这些水坑，像一个巨大的棋盘，吸引着我。

　　我并起双脚，微微一蹲，青蛙一样往前跳去。小时候，我经常在雨后的家门口玩这个游戏。很久没玩了。有些东西，不会因为时间隔得久，就会有生疏感。遇到大的水坑，我还会选一块扁平的石头打水漂。石头从水面斜着飞过，像金庸在武侠小说《天龙八部》中描述的轻功——凌波微步。

　　突然，我的脚一歪，右脚扎入了泥水中。水不凉，我索性放纵起来。

　　校门口的下水道无论修多少次，每当暴雨来临，就会迅速造出一个"池塘"。我一看到这个泥水池塘,就有下塘摸鱼的冲动。不是说"浑水摸鱼"吗?我还听说,有的城市,每到下大雨,连街上都有鱼捡呢。

我果然看见了一个摸鱼的人。一看背影,我就认出是谁。

"葛小芳!有鱼吗?"

葛小芳转过身。她的脸上溅了泥水,衣服上也有了泥水。

"你也来?"葛小芳说。她的话,听起来像问句,又像是感叹句。

"来就来。"我卷起裤脚,下了"池塘"。

下了水,我才知道,葛小芳摸的根本不是鱼。

雨天的校门口,学生和家长进出都非常匆忙,奔跑中会有硬币蹦出口袋,也会有纸币溜出口袋。当事人全然不知。

原来,葛小芳摸的是——钱。

每摸到一个硬币,葛小芳就会发出"啊"的一声。她矮小的身子,在此时仿佛有了巨大的能量。那是一种怎样的力量,让她像个葛朗台一样,对钱如此迷恋?

"葛小芳,你想买什么?"我的语气里是关心。葛小芳的家境,我能估摸个八九不离十。

"买老花镜,给爷爷。"

葛小芳的爷爷原本有一副老花镜,一次他给葛小芳检查作业时,不小心碰到了桌角,老花镜上有了裂缝。爷爷被奶奶叨叨了半天,依然不忘戴着老花镜给葛小芳检查作业。

我们上岸时,葛小芳细细地在算硬币和纸币的数量。我递过去一枚硬币。这是我摸到的唯一的战利品。

五

天终于晴了。阳光像蜂蜜,散发着狂野的甜蜜。风就像蜜蜂,对着每一朵花、每一片叶子跳舞。晚上要放电影的消息,让整个黄泥塘弄中学沸腾了。

暮色之后,更深远的暮色隐藏在每个人的喜悦中。"来了,来了!"随着喊声,电影放映员骑着男式"二八"单车,载着沉沉的机器,进了灯光球场。大家自动让出一条路来,好像迎接大明星的到来。放映员的出现,像一道光,照亮了每一级水泥台阶,以及台阶上早已候着的人群。

放映员在球场西边的两棵香樟之间,拉上了白色的电影幕布。然后,他熟练地竖起放映机,打开胶片盒,放进胶片进行调试。忽然,一道亮光如矫健的游龙,在放映机和银幕之间,霸气地伸展着白色的身躯,龙头在银幕上游移,寻找着最合适的角度。光束中,尘土像精灵一样在旋转、升腾,还有不知名的虫儿在飞翔、起舞。我盯着它们,觉得这小小的光束,简直是一个大大的舞台。

我正发呆,发现银幕上已经有了声音和色彩。突然,人群汹涌起来,那是喜悦的情绪在涨潮。谁都不承想,放映的竟然是武打片《新独臂刀》。我内心的小宇宙开始不停地"核爆炸",连毛细血管都在喊着"Bingo"。

校园里放映的电影,一般是革命战争、父爱母爱等题材的电影,总之要励志,要有教育意义。只有放映员调剂不出的时候,才会送过来别的片子。

片子有点老。图像有雪花,音响里老发出"叽叽咕咕"的声音,是胶片被卡住的声音。银幕在风中飘动,人物的脸会随之变形。

少侠雷力善使鸳鸯双刀,因误解虎威山庄庄主而杀向虎威山庄,龙异之以江湖长者的身份出面干预,以三节棍击破雷力的双刀,逼其自断右臂退出江湖。后来,龙异之害死了大侠封俊杰,企图再次施展老招数害死雷力,被雷力的三把刀破解……银幕下,一个个年轻的面孔,或悲伤,或愤慨,或紧张,或释然。

放映《新独臂刀》没多久,校园里的瓦片时有破损。

这天,我和葛小芳又悄悄拿着木片和石片,来到学生宿舍楼后面玩耍。影片中,两人决斗时,把兵器往天上一抛。兵器仿佛成了游龙惊凤,在天上交缠。我俩也抛起了"兵器"。只听"啪"的一声,石片飞到了一层的屋顶,砸中了瓦片。

两个人吓得一溜烟跑进了宿舍,大气也不敢喘。武侠梦,就这样破碎了。

六

暑假终于到了。阳光一副阔绰大方的样子。照在大缸和瓦片上,照在大片沉默的泥土上,也照在爸爸的脊背上。

一切都明晃晃的。此起彼伏的太阳光,凛冽睥睨的太阳光,渐次奔腾的太阳光。

汗,像滚圆的石子,扑通扑通掉进尘土。我却不愿意离开。

几年前,爸爸和妈妈来到这里,就一直在窑厂工作。在土地里讨生活,汗珠溅得起水花,所得的收入却连肚子都喂不饱。

一座龙窑,卧在矮矮的山冈上。爸爸在这里做缸。他反反复复地打窑泥,再撇去上面的杂物,堆成一堆,然后用宽口的锄头削成烤豆腐一样,一片一片的,再把大一点的石子剔掉,踩透后用木头铲一片片铲出窑泥片,聚成一堆后继续踩,然后把质量上好的细沙和进去,再踩再铲,一直把窑泥踩成面一样柔软有韧劲。

等窑泥踩好了,爸爸开始做大缸。做缸先做底,做好后要晒到不湿也不干的状态,端到室内,爸爸用一柄圆弧的锤子捶打里边,用一把木头的锤子捶打外边,打成一个尖的样子。然后,爸爸把第二次的泥糊到上面,像筑墙一样,一步步往上垒,最后将大缸的口筑上。整个缸做好了,再浇上釉水,等干了后入窑。

爸爸的脸被太阳晒成了腊肉,一双手也像晒透的腊肉,干瘦干瘦,黑里透红。爸爸的衣服湿了又干,干了又湿。一块块汗渍,像艰苦日子里的眼睛,酸涩而倔强。不,它们是一枚枚勋章,以向着大地俯身的姿态,表达对生活的热情。

"爸爸,那烧窑是您负责的吗?"

"我没资格,烧窑需要经验丰富的师傅。窑品成不成、好不好,烧窑才是关键。"

烧窑最难把握的是火候与加水的时间间隔。师傅要认真记录相关技术参数,不断地分析总结,全方位地了解各种因素对成品的影响。

走过冬天便是春

烧制用大火，热窑用小火，一天后转为中火。师傅会根据火焰的方向、颜色，倾听燃烧的声音，决定是增加还是减少燃料。

成品烧制完成后要封窑。此时，贴近柴窑的火眼往里看，窑里混混沌沌，说红非红，说白非白。"火候到，封窑。"师傅兴奋地喊着，迅速把添柴口、烟囱封住。这样闷一天，再晒一天，大缸、瓦片才可以出窑。

窑里干活，卖的是力气。即使再热的天，爸爸和妈妈也不歇息。爸爸经常累得直不起腰，有时候，连走路都打颤。即便如此，他们还在窑厂边上开垦荒地，种上空心菜、黄瓜、西红柿、茄子、苦瓜、丝瓜、南瓜等蔬菜。

"孩子，多吃蔬菜。新鲜蔬菜营养好。"每一餐，妈妈的话就像丝瓜的触须，把我的耳朵和筷子缠绕。

"好吃，真好吃。"我觉得每一样菜都水灵灵的，它们带着阳光的热情、泥土的芬芳以及爸爸妈妈的爱。吃了那么多没有水分、色泽和营养的干菜，现在每餐都能吃到爸妈种的新鲜蔬菜，我觉得自己像掉进了蜜糖罐一样幸福。

才一个月过去，我的脸颊也横向发展了，个子又蹿了两厘米，皮肤也黑了很多。

一天晚饭后，爸爸带着我走在田野上。一个开满荷花的池塘，仿佛一座微型的窑厂，里面错落放置着一个个大大小小的缸。微风过处，它们荡漾出一池淡淡的清香。

"爸爸给你出一道荷花题，如何？"

"爸爸，您还会出题啊。"我心想，那一定难不倒我。

"一个荷花池，第二天开放的荷花，数量是第一天的两倍。到了第二十九天，荷花开了一半。那么，到了第三十天，荷花会开出多少呢？"

　　这不是老师说过的"荷花定律"吗？怎么爸爸也懂这个呀？我搔了搔后脑勺，假装在痛苦地思考。

　　"第二天是第一天的两倍。"爸爸提示道。

　　"全开了。"我回答。

　　"一天就能开出半塘荷花，这简直不可思议吧。不过，荷花不是突然开出来的，它们一直在坚持，在努力。"爸爸拍了拍我的肩膀。爸爸想说什么呢？爸爸和妈妈就像不起眼的种子，散落在远离家乡的角落，艰难地生根、发芽，在粗粝的石堆里，活成坚强的狗尾巴草。爸爸这么辛苦，图的是什么呢？我的眼睛定定地看着荷花，内心的池塘泛起了小小的水波。爸爸一定会给我上一堂课，讲一番"好好学习不要放弃"的道理。我正想着，只听爸爸说："咱俩去摘几个莲蓬。"

　　成熟的莲蓬垂着脑袋，像倒挂的马蜂窝，一个个格子里藏着或白胖或细长的莲子。"那是岁月的秘密，成长的秘密。它们走过稚嫩，走向甜美，慢慢地，有了一颗带点苦味却依然翠绿的心。"我为自己带诗意的句子吓了一跳，不知何时，心里长出了一棵树，枝叶青葱，正逐着阳光与爱生长。

七

　　暑假很快就结束了。在回老家的长途车上，我第一次进行了深刻的人生思考。我在思考自己的未来到底在哪里，家庭的未来在哪里。如果成绩不好，我将和大多数人一样，初中毕业后只能去打工。按照家里的情况，我也可能留在家里种地。种地，脸朝黄土背朝天，一年到头交了公粮，剩下的粮食刚够家人吃。我是农村的娃，以往田里的灌溉、除草都参与的，那份辛苦，深有体会。爸爸妈妈出去打工，自己出钱把地给别人种，也实在是无奈之举。

想到这儿，我的眼前出现了一条幽深的小巷，在那幽深幽深的尽头，透进来一缕微弱的光。

天在一点点变白。那束白色的光线，就像折着的纸，在缓缓展开。在它还没有完全展开时，我就起床了。

从爸爸那儿回来，我就变了。我要抛弃，全方位地抛弃，抛弃过去的自己，就像蛇蜕掉老皮，长出细嫩的新皮。

读书时，我用笔圈圈画画，有时还做点儿批注；做数学题前，我会认真地琢磨例题。这样坚持了一段时间，我发现自己并没有进步。写作文时，依然要咬很久的笔头；解题时，依然不知从哪个地方入手。

我有些茫然。我想起了那座窑厂，想起爸爸伛着腰打窑泥的情景，想起窑厂热得冒烟的空气，我下了一个很大的决心。

这以后，我一个月才回家一次。周末就在学校学习。晚上，住的是学校的通铺，长长的一排房子只有我一个人。我不害怕。我的心里有个信念，孤独只是暂时的。

其实，我也是害怕的。周末晚上睡觉的时候，老鼠在边上爬来爬去。

平时，住校的同学都在床铺上吃饭。吃饭的时候，大家把垫的草席往上一卷，把被子什么的卷在里面，就坐在被子上吃饭了。吃饭，难免会掉下米饭和菜。住校的同学，一般把米袋放在床头的位置，抓米蒸饭的时候也难免会掉一些米在床板上。平时人多，老鼠没有来。周末，同学们都回家了，寝室自然成了老鼠的天下。

这天晚上，我感觉老鼠就在我的脑袋附近跑来跑去。黑暗中，我抓起了一根棒子。这根棒子，是在北边的山坡上折的，又细又直，我觉得很趁手。我使出力气，向老鼠挥去。老鼠倏地不见了，我猛然觉得脸上火辣辣的。原来，老鼠窜过来，把我的脸抓破了。

从此，我再也没敢打老鼠。老鼠这东西，太狡猾了。我只能听着它们跑啊，啃啊，还"吱吱"地叫着。

窗外，墙角的虫子隔上一会儿，就会发出一两声低低的叫声。伴着风的声音，听起来特别冷清，像一场热闹后的自言自语。我感觉到了时间的节奏，它拍打着我的过去、现在，以及未来。

老鼠依旧在忙碌，窸窸窣窣的。我强迫自己把老鼠发出的声音当成美妙的歌声，强迫自己入睡。不知什么时候，我成功了。

窗子小，阳光进来时轻手轻脚的。我背书时，有时会留心那一小束光线在屋内的行踪。那些简陋的床铺，一会儿亮起来，一会儿又暗了。

当光线走了一圈，缩回手脚的时候，寝室像画师着了亮色。此时，就离吃中饭时间不远了。我摇身一变，成了小厨师。周六晚上和周日，学校是不蒸饭的。我来到北边的小树林。小树林里有很多枯枝，我捡来枯枝，堆在一块光溜溜的黄泥地上，又去搬来几捧干燥的落叶。

有了柴火，还需要一个可以蒸饭的小灶。我找来三块砖头，围成

走过冬天便是春

一圈。看着太矮,又找了三块叠上去。我把饭盒放在上面,用落叶把枯枝引燃。有时,一下子点不燃,黑烟像老鼠一样蹿过来,把我的眼睛都熏出泪来了。

饭盒被木柴直接舔舐之后,有了黑色的条纹。慢慢地,条纹的领地越来越大,整个饭盒都变得黑不溜秋了。我想把它们洗掉,却怎么也洗不掉。

我去厨房蒸饭或拿饭的时候,总有不少人奇怪地看着我,那眼神分明在说:"这饭盒底部怎么这么黑,这么丑?"甚至有人会嘲笑道:"怎么,落难啦?"

我笑道:"黑色多明显啊,你们找自己的要找半天,我一眼就能认出来。"确实,别人找饭盒至少需要五分钟,我却能迅速找到。为这速度,我心里偷着乐。每天,我能多看两篇文章,多做一道数学题呢。

在这样的野炊生活里,我走过了萧索的秋天,寒冷的冬天,潮湿的春天,闷热的夏天。这句话好短,这一年却好长。

北风鼓着腮帮子的冬天,我捡来一根粗大的枯枝。折它的时候,枯枝突然炸开,弹到了手上,碎片插入手指。我没有在意,随便一拔就了事。

后来,我右手的无名指变得"能测风雨"。阴天,它就会酸;雨天,它就会痛。冬天,我的双手布满冻疮,一块一块的,像涂上了褐色的面粉。慢慢地,一团团面粉连接起来,双手像用发酵粉蒸熟的馒头,胖乎乎、湿润润的。烧饭的时候,我会把手放在火上,搁上一会儿,手就会发痒,像有很多虫子在爬来爬去。这时候,我就收回双手,来回搓。痒的感觉却没完没了,像北风对树叶的思念,"呼呼呼"地不会休止。

夏天一来,我的手也痒,连手臂也跟着痒。那是蚊子叮的。我有时会用指甲把那一个个小红包掐成十字,有时会用圆珠笔把它们圈起来,再打上一个×。好像这样做,我就能把蚊子送来的礼物毁灭,蚊子就会自讨没趣,不会再来了。

那些米,不知什么时候,长出了蚌,一只只像个逗号,在米里窜上窜下。我就多淘一遍米,让蚌随着水冲走。如果赖着不想走,我也不强求,就当自己多个荤菜了。厨房的水管和水龙头像老农的青筋,静静地暴露着。周末没人,一开始流出来的水都是铁锈色的。它"吱吱"地呻吟着,过一会儿,水才恢复了清澈的面貌。

这样的周末,也不是独属于我一人的。葛小芳摸着我那黑黑的饭盒说:"好玩。我也来。"

她说的,自然是在野外烧饭的感觉,那一定是新鲜而刺激的。显然,我是不屑一顾的。我觉得这样的生活,别人只是想尝个新鲜,不可能持久。

不过,看葛小芳的架势,她是下了决心的。她带了比平时多好多的米和菜。周末,她找枯枝、捋松针、捡落叶,一边忙活,一边哼着歌。

没想到,当新的周六来临,葛小芳指着手臂上蚊子送的红包和树枝送的红线说:"姐姐只能帮你这么多了。"

"谢了。"我心想,"果然。"

八

  初二的最后一次考试，我从一年前的二十八名，进步到了第六名。我喜上心头。我看到了自己努力的效果。

  当然，我绝不会喜上眉梢。现在，我拨开了笼罩在前路上的迷雾，越来越清晰地看到自己的未来。

  夜深人静，我一个人躺在寝室里，要说不孤独，那是假的。那种孤独的感觉像一只蛮横的小兽，咆哮着，噬咬着。但我一想起爸爸，一想起自己隐秘的理想，"嘭"的一声，孤独的小兽就会被关在门外。

  那个榨菜籽油的时节，空气里流淌着一种独特的香味。我以让人羡慕的成绩，考上了理想的学校。

  如今，我家的阁楼上，依然放着一个黑色的饭盒。它静静地藏匿在时光里，好像自己从来都没有出场过。

  可是，每次想起黄泥塘弄中学，想起那间矮小的宿舍，想起北边的山坡，想起我的初中时代，我就仿佛听见了风和老鼠在唱歌。

  成长路上，所有的灰色和苦痛，挣扎和徘徊，倔强和坚守，都是一曲动听的歌啊。

竹子的另一个生命

竹子,是一个村庄的生命。

那一丛丛屹立在村口或山坡的竹子,疏影横斜,郁郁苍苍,像守护村庄的仙子,以超凡的风韵,舒展出清新脱俗的日子。

山有竹则山青,水傍竹则水秀。竹子筠色润贞,四季青翠,被文人骚客视为知己。一千多年前的晋朝,王羲之在会稽山写下被誉为"天下第一行书"的《兰亭集序》。"茂林修竹"给了一群雅士"风中雨中有声,日中月中有影,诗中酒中有情,闲中闷中有伴"的美好情趣。

竹子不会在风雅文化中缺席,更是烟火人生的伴侣。它在山林里喝露水,也在村庄里吃尘土。我们的生活处处离不开竹子。吃竹笋、睡竹凉席、坐竹凳子、用竹筷子。村庄里的老人们，还喜欢用竹篮子拎菜，用竹蒸笼做窝窝头。正如苏东坡所言："食者竹笋，庇者竹瓦，载者竹筏，爨者竹薪，衣者竹皮，书者竹纸，履者竹鞋，真可谓一日不可无此君也。"

苏东坡也许没有想到，竹子还把藏在地底的根，以最美的姿态呈现给世人。而赋予竹根新历程的，是竹雕手艺人。

出色的竹雕手艺人，是竹根的知音。他们每年都选择冬季去山区采集竹根。隆冬腊月，天气干冷，竹子开始冬眠，生长迅速减弱，养分和水分都集中到了根蔸。此时的竹根，质地坚韧，密度达到最高，打磨的光洁度最好。

毛竹根在地底蔓延，像八爪鱼向四面八方拓展领地。竹雕手艺人挥起开山锄，小心翼翼地挖掘，尽量不损坏竹的须根，哪怕是一根。这样的挖掘，不仅仅需要力气，更要心明眼亮，细致耐心。待挖掘成功，他们要细细除去竹根表皮和须根上的泥沙污垢，使其显示出竹纤维的天然纹理。

洗净后的竹根，要放进大锅里蒸煮。此时，让人想起以前的木地板，为防止变形，都要在锅里煮开。再比如，买了毛巾，不少人会煮一煮再用，一来杀菌，二来提高使用寿命。蒸煮好的竹根，要放太阳下暴晒。晒透后，再放进库房保存。保存五年以上，竹根的优劣就显现出来了。选出理想的，没有虫眼的，浸泡到水中。半个月后，竹根部的纤维会发软，竹雕手艺人就可以拉开架势，施艺走刀了。

竹根雕受材料的局限性很大，竹根都是圆筒形的团块，中间空心，壁厚有限，周围又长着密密的须毛，形体结构单调，给雕琢工作带来一定的难度。竹雕手艺人在创作的时候，需要因材制宜，根据材料本身的自然属性进行构思。这有点像绘画，像写作，要考虑素材的运用、主题的凸显，落笔之前，务必胸中有丘壑，绝对不能脚踩西瓜皮，滑到哪里是哪里。有高超技艺的竹雕大师还会把漫画、泥塑等各类相通的艺术作品的元素融入竹根雕中，更好地显示作品的材质美感，达到一种和谐圆润的美。

东阳木雕的平面浮雕技法对竹雕有着较大的影响。东阳的竹雕艺人们往往从木雕起步，他们对竹当歌，投刀为笔，灵活运用圆雕、透雕、平雕等技法，尽情雕琢心中的宇宙，展现自己独特的视角和艺术感知，抒写竹子一样坚韧而清丽的人生。

竹雕手艺人对竹根有着满满的热情。他们用双手说话，把自己心底的话通过一双手传递给竹根。我曾见过一件竹根雕作品《天趣》，艺人雕刻了一棵大白菜、四只蜗牛和二十多只青蛙，巧妙地将创作立意和造型技巧融合在竹材中。竹雕手艺人理性地把握了工与艺、虚与实、自然与人工的辩证关系，将竹根部"肉"多的部分雕出大白菜的厚实感，并雕上或大或小、或远或近的青蛙和蜗牛，而敞开的部分恰好留白，有的像虫眼，有的像破损的叶片在和田园对话。整件作品融入了平雕、圆雕、透雕等技法，以丰富的层次，呈现出野趣。看到这件作品，我脑海中闪现的就是小时候的田野。田野是每个在乡村长大的人心中柔软的存在，也是城市人的向往。而竹根雕，以艺术的面貌再现了这份温润的美好。

一物一匠心。竹根雕的创作在于"走心"。竹雕手艺人的双手承载着慧心，如水一般流淌在竹根上，以丰富的段落或细节，不断制造出传说和神奇。这是一种意境，更是生命的缔造。

竹根雕，是竹子的另一种生命体现。

苹果是什么颜色

在我的家乡东阳很少看到苹果树，但我的外公，有一片大大的苹果园。

苹果园就在村庄南边的山坡上。一大片，一大片，一眼望不到头。冬天，苹果树进入休眠期，叶子掉光了，树干变得光秃秃的，在风中消瘦。外公拿着一把大钳子，给苹果树修枝。外公剪掉过于密集的侧枝，再将剩余枝条剪短。

外公还拿着锯子去锯苹果树的枝干，每根枝丫锯进一厘米左右。慢慢地，被锯的部位就长出疮疤。外公说，受过磨难的苹果树才会结出好吃的苹果。山坡上的风凛冽如刀，外公的脸被割出了道道沟壑，手上满是粗糙的褶皱，还磨出了水泡。有的水泡大得夸张，就像外公养的鸡下的蛋，还亮晶晶的，让人看了害怕。外公不怕。他拔下一根头发，把水泡挑破，让组织液体流出来，又继续拿起锯子忙开了。

满山坡的苹果树，在外公的精心打理下，长得格外精神。一到春天，苹果树就开出了粉粉的花骨朵，它们在春光里格外娇艳。

我跟在外公身后，像个巡山大王，高高地昂着头。外公不时地用锄头锄去茅草。茅草的侵略性很强，一长就是高高的一大丛。外公锄上一会儿，还会看看苹果叶有没有被虫子啃。苹果叶有洞了，就要打农药。

夏日里，我特意去了外公家。我家离外公家只有三四里地，沿着小路走，一旁都是一个又一个的池塘。池塘里，荷花正闹，不少已经长出了莲蓬。但我心心念念的，还是秋日的苹果。

一个个青里透红的苹果把枝头勾得弯弯的，就像我勾着外公的脖子撒着娇。我狠狠地吸了一口，甜蜜的味道蹿进我的眼睛、鼻子、嘴巴，煞是好闻。

"外公，我要这个。"我昂着头，指着一个大苹果，忍不住咽了一下口水。

"只能看看啊，不能摘。"外公锄着茅草，肉乎乎的鼻头上，有水星子闪动。

"外公真小气。"我的嘴巴高高嘟起，足以挂起一个酱油瓶。

"这是村里副业队的苹果园。"外公依然在锄茅草。

"苹果园这么大，摘一个别人又不知道。再说，它们都是您种的

走过冬天便是春

呀！""那可不行，公家的东西我们绝对不能拿。"外公笑眯眯地看着我，但我知道他不会改变主意。

这让我很生气。我趁着外公不注意，跑了。

暮色像黑色大鸟的翅膀，慢慢笼罩下来，外公终于找到了我。此时的我，站上凳子，拿下梁上挂着的竹饭篮，装了冷饭，倒了酱油，正吃得狼吞虎咽。

我却不知道，外公为我急成了寒风中的苹果树叶子。他沿途找啊找，每一个池塘都看到了他着急的样子。他希望那些诱人的莲蓬没有把我绊住，他祈祷泛着涟漪的池塘里没有我的踪影。

"啪嗒"。有什么东西落在我的冷饭疙瘩上。外公圆圆的鼻头翕动着："傻孩子，傻孩子。"

外公根本不爱我。否则，他怎么会不带苹果来？我在心里嘀咕。

不久，爸爸和妈妈回来了。为了生活，他俩总是忙到天黑回家。这次，他们是给人家拆土房子去了。得知我不听话的事后，爸爸一边弄鼻子里的泥土，一边说："给外公道歉！"

外公说："别吓着孩子。"他温柔的声音和他高大的身影很不协调。

这天晚上，爸爸第一次和我说起外公。外公是位老党员，是塘下村多年的村支书。村里的电灯，是在外公的操劳下装上的；村里的加工厂，是在外公的操劳下办起来的。当年，公社里有一个安排工作的名额，外公没有推荐很想要这个名额的小姨，而是推荐了别人。为此，小姨多年不理外公。

爸爸的语气里，满满的全是对外公的敬佩之情。

后来，苹果全部采摘完了，外公专门买了两斤，给我们送过来。而他自己，没有吃过一个。

外公八十岁那年，医生说他的右手保不住了。

原来，当年外公给苹果树修枝时右手受了伤流了血，但他忍着痛继续劳作，没有去看医生。后来，他又给苹果树打农药。农药从他的伤口一点点渗透，日积月累，发生了癌变。

外公的右手从手腕处截掉了！从此，外公学习用左手吃饭、穿衣。他学得笨拙而艰难，但依然笑眯眯的，脸上没有一丝埋怨和悲伤。他还在为村里的事情跑前跑后，就像受过磨难的苹果树，使出浑身的力量，只为献给他人最甜的苹果。

1997年的秋天，在那个苹果红满枝头的日子，外公走了。

次年春天，我踏着外公的足迹，成了一名中共党员。

每到秋天，我就喜欢买几箱苹果去社会福利院看看孩子们。我喜欢给孩子们讲讲外公的故事。我想告诉他们，苹果有青的，有红的，有黄的。但在我心里，它们都是革命红，我此生最爱的颜色。

静美荷花被，盛开寂寞中

蓝和白，如两个江南女子，在雨后的青石板路上遇见，眉眼玲珑，身姿娉婷，气质沉静。在这样的静气里，时间是有温度、有色彩的。它微微发凉，带着沉淀的蓝。

在卢宅非遗街区百工馆，我遇见了陈亚莉老师的"青沐坊"，遇见了蓝印花布，遇见了旧时光里的宁静与美好。

小时候，家家都有荷花被。我就是盖着蓝底白花的荷花被过冬的。在东阳坊间，女儿出嫁时一定要带上母亲精心准备的用蓝印花布做的荷花被，那是母亲对女儿婚姻美满的祝福。

站在蓝印花布前，我仿佛看见一只青鸟，衔着一枚蓝草飞来飞去，翅膀上是春天明媚的阳光。青鸟所过之处，蓝草擦亮了天空。一片片的蓝，慢慢绽放；一朵朵的白，晕染了天空。

一

要染一床荷花被或者说蓝印花布，首先要养缸。养缸需要蓝草制成的蓝靛泥。

古人云，青出于蓝而胜于蓝。这里的青是靛青，蓝是蓝草。可制取靛蓝的植物，统称蓝草，比如蓼蓝、马蓝、菘蓝等。它们均有清热解毒、凉血消肿的功效。蓝草提炼出来的色素，本身是中草药，对健康大有裨益。

割了蓝草，放在一个大的水池里面，浸泡一段时间。等叶子腐烂了，就每天搅拌，让其充分浸水。然后把腐烂的叶子捞出来，把蓝草中提炼的色素水放进池中，再倒入一定的石灰。池中安装了水泵，使其循环地冲击，不断地翻滚发酵。这就是打靛。

水被循环地冲击后，和石灰产生了化学反应。待其沉淀下来后，把上面的清水抽掉，下面沉淀的就是蓝靛泥，把它一桶一桶地封装，等待养缸。

养缸自然要准备个缸，缸往往是木头做的，深达两米。把蓝靛泥放进去，按一定的比例放进水、白酒或黄酒以及草木灰，把它们充分地搅拌。每天要搅拌十到二十分钟，让里面的东西发酵，pH 值达到 10 或 11 左右，缸就养好了。养缸一般选择夏天，天气热，十天左右就能养好。

亭々玉立

秋珍画

收秋天的果

二

染荷花被除了养缸，还需要制版，这是核心技艺。

荷花被，顾名思义就是印染的图案多用荷花。图案一般有三大题材：美术图案、吉祥图案和戏曲题材图案，比如百子图、连年有余、状元及第、洞房花烛、西厢记、六合同春、五子登科等。这些图案的印染，需要制成花版。

制花版，柿漆是关键。白露前上山采柿子，采的必须是手指头大小的野柿子。采回来后，用石碾把野柿子磨成浆，按一斤柿浆、一斤水的比例，混合浸泡在大头缸里。缸必须敞口放在室内，过几天就用棒子打一下，就像做黄酒时打酒一样，使柿子汁充分发酵。大约一个月后，柿渣沉淀到缸底，现出奶黄色的柿漆。

取一张裁好的绵纸铺在桌上，洒水使其湿透，用棕毛制成的漆帚给湿绵纸刷上柿汁。为防止绵纸鼓包，要用木制刮子把多余的水分刮出来。如此，一层绵纸一层柿漆，一直刷完十五六层，达到相应的厚度，最后刷上桐油以防水。绵纸干透后，坚硬如木材，不渗水不腐烂。以八张绵纸为一个单位，用特制的刀具镂刻圆点或断线，构成孔花图案。这些图案，类似剪纸镂空，它们轻柔而良善，以单纯的形貌、丰富的内涵，营养着世人的眼睛和心灵。

三

养好了缸，有了花版，就可以染布了。

植物染，不可用有化纤的原料，必须是真丝、亚麻、全麻、棉麻等。染荷花被的布，是手工家织土布。染布时，把润湿的白色土布摊平，把镂空花版铺在白布上，将黄豆粉加石灰按比例调成防染浆，用刮浆板把防染浆刮入花纹空隙，填到花版镂空的图案里，待布干透后，浸入染缸。白布下缸后三到五分钟提起来，接触空气氧化。浸下去提起来，再浸下去提起来，反复十几次后捞出踏干、晾晒。反复的次数由所需的颜色决定，若需布的颜色深一点就多浸几次。再把版拿掉，版遮住的地方就成了白色。拿刀刮掉防染浆，即显现蓝白花纹。由于是纯手工印染，干后的浆会有冰裂纹，这是手工蓝印花布特有的魅力。

每次染布，缸里都要添加酒、蓝靛泥、碱等材料，因为缸的养分被吸收后需要补充。冬天染布，缸还需要保温，可以用毛毯把它包起来，不让它受冻，否则缸里面的养分会被冻死，颜色就染不上去。因此，养缸要一心一意且小心翼翼，像伺候娇俏的小女子。

染荷花被一般在农历六月。一来天热缸好养，二来土布在印染过程中要漂洗两遍，天热易干。此时，正值荷花盛开，故坊间有"六月荷花开，六月荷花被"的说法。

四

  简单、原始的蓝白两色，创造出一个淳朴自然、绚丽多姿的蓝白艺术世界。印着吉祥图案的蓝印花布，抒发了百姓憧憬美好未来的理想和信念，寄托着他们对美满生活的向往和朴素的审美情趣，彰显着深厚的文化底蕴和艺术积淀。

  蓝印花布做成的荷花被，朴素大方、清新典丽。荷花被的蓝，是植物的蓝，有着淡淡的草香味，细雨一样洒在空中。荷花被的白，正如原研哉在《白》一书中说，白同时是"全色"和"天色"。那独特的白，一半属于物质，一半属于精神。蓝白两色构成的花纹，不是突然间把人的眼睛点亮，而是像含蓄的光芒慢慢弥漫，让你流连其间，越看越有味道。你仿佛置身于海上，乘着快艇，乘风破浪，一路溅起洁白的浪花，开阔与清明的心成了一只鸟，翱翔在蓝天下，流连在海浪中。凝视着柔软的蓝和白，这仿佛是能明澈心扉的生命版图，没被污染的生命底色，一切纷繁自体内剥落。

  原来，一床荷花被就是一条河，岁月也许会暂时遗忘河身，却毁不了它鲜活的源头。

第四辑

藏 冬日的暖

藏

冬去冬来,寒风又起。世界上太多的东西,都平凡无奇,但有了爱和心意,就会变得熠熠生辉。

滚鱼冻

腊月的风儿走过村庄，像鱼的尾巴轻轻扫过。每到这个时候，村民们就叨念着：可以干塘分鱼啦！

几十年前，村里的池塘都属于集体。过年前，村里会用踏水车抽干池塘的水，把抓上来的鱼分成小堆，抓阄决定谁家得哪一堆。

这成了村庄年前的大事，也成了每家每户的大事。

鱼往往是养了两三年的鲢鱼或鳙鱼。如果鱼小了，就会被放回池塘，等着来年养大了再分。领到了鱼，母亲就忙着杀鱼。母亲不吃鱼，还特别讨厌鱼的腥气，但她这一辈子不知道杀了多少鱼，煮了多少鱼。

寒风里，母亲蹲在埠头刮鱼鳞，掏鱼鳃，去鱼肠。鱼肚里面有一层黑黑的膜，母亲说它特别腥，必须去干净。不过，有两样，母亲定然是好好留着的，那就是鱼鳔和鱼子。

一次，我自告奋勇要杀鱼，刚掏了一下鱼肚，鱼头附近的一处白红色的鱼肉瞬间变得黄黄的。母亲一看，"坏了，鱼胆破了，不处理好，鱼就苦了。"母亲反复用水冲洗，用剪刀刮洗，直到把黄色弄没了才罢休。

鱼处理干净后，母亲用稻草穿过鱼的嘴巴和腮，挂在楼板下的钩子上。我家有好多钩子，剩饭啊，番薯啊，总是挂在那儿，像一个个生活里的感叹号。三两条大鱼挂在钩上，进进出出地看上几眼，日子就有了盼头。

母亲在除夕前一天取下鱼，准备滚鱼冻。母亲找出厚实的斩切刀。鱼大，一般的刀会卷了刃。咚咚咚的剁鱼声，粗犷而有力，演奏出迎新年的序曲。剁出的鱼块大小要差不多，母亲下刀的位置和力度，也是见功夫的。

春节待客的鱼，母亲要在这天全部烧好。母亲将锅烧得冒出了烟，再倒进油，放进一片生姜。生姜在油里翻滚着，母亲就一一放进鱼块，让它们平平地舒展开。煎鱼需要有眼力，要准确判断何时翻身。翻早了，鱼块会碎掉；翻迟了，鱼块会变焦。当鱼块两面都煎得黄黄的，像快成熟的玉米须一样溜溜的，母亲就放入黄酒、辣椒、生姜、盐以及足够的水。母亲说，水一定要一次性放足，锅要敞开煮。

此时，硬柴在熊熊燃烧，鱼块全部淹在水中，仿佛在蓄积着什么

嫩碧才平水,圓陰
已蔽魚。秋珍畫

力量。水烧开了,母亲去掉一根大柴,让灶膛慢火滚鱼。俗话说,百滚豆腐千滚鱼,滚鱼滚的就是时间。等待的时间里,母亲会将烧火用的麦秸打卷,方便春节使用。当鱼的香味开始冒出来,跑进麦秸、灶膛以及我们的鼻子里,母亲就用铜勺舀去那些汤面上的白沫,此时的鱼汤已是奶白色了。母亲选出没有被我们打破留有缺口的高脚碗或大碗,一个个排在灶台上。那些碗,外面都有一圈青色的边,碗底有一个"福"字,那是父亲的名字,是父亲自己凿上去的。当时碗也是珍贵的家当,遇上办宴席什么的,邻里之间还要互相借用。母亲用锅里的汤,将十来个碗全部淘一遍。她说,这样鱼冻才会硬实。

果然,母亲滚的鱼过了一晚上就冻得硬硬的。它们一排排有序地放在那个雕花的暗红色大橱柜里。那是爷爷传下来的大橱柜,平时总是空荡荡的,除了有一个陶制的圆形猪油罐。可现在不一样了,打开柜门,眼神在鱼冻上停留几秒,即使没有吃,也得到了安慰。

装着大块鱼的鱼冻是招待客人的。可是,母亲又如何忍心我们看了鱼锅那么久,闻了鱼香那么久,却尝不上鱼冻呢?贫寒生活里的母亲自有她的智慧。母亲端出其中一碗鱼冻,笑眯眯地放在我们面前。

那是一个大碗,嫩滑的鱼冻呈现出好看的琥珀色,琥珀色里还有着金黄色和米白色,那是鱼子和鱼鳔。农村里有个说法,说是小孩子不可以吃鱼子,吃了会变傻,会不识秤。可母亲认为,鱼子和鱼鳔富含胶质和蛋白质,营养好,还不用担心会有鱼刺刺破喉咙。

这碗鱼冻,是除夕夜我们的肠胃享受的"最高礼遇"。

年初一起,我们开始去拜年。临出发,母亲一再嘱咐,大人没动筷子的菜，小孩子不可以先吃，比如鱼冻。那时，每户亲戚家，都会有一碗鱼冻。可是大人们好像没看见似的，有时饭都吃完了，鱼冻还是完完整整地放着。很久以后我才知道，如果主人家拿不出好的菜来，一碗鱼冻就可以招待所有的亲戚，甚至从年初一一直摆到元宵。这样的菜，叫看盘，只是为了凑"碗头"，图个面子上好看，是只看不吃的。

当然，也有主人家像我母亲一样，等客人一坐齐，就拿了双筷子拆冻。如此，鱼冻就成了颇为受宠的美食。那滑溜溜的鱼冻，那筋道的鱼肉，谁不欢喜呢？有一次，一个亲戚的孩子一次性吃猛了，被鱼刺扎了喉咙，这个让他喝醋，那个让他咽饭团。后来有人建议喝鸭子的唾液，孩子的父亲又忙着找鸭子。最后，鸭子没找着，孩子已经欢笑着继续吃鱼冻了。

冬去冬来，寒风又起。风里，却再也没有鱼尾巴的味道。可是，记忆里的鱼冻，依然泛着琥珀色的光芒。

猪血豆腐

黑暗里,所有的声音都被放大,每一个声响都惊心动魄。

我不敢起床。母亲说,小孩子看了杀猪,念不好书。

好几年以后,我终于见识了杀猪的场面,知道了猪血豆腐的来历。

父亲请来几个力气足、经验丰富的男子,将年猪或赶或抬,最终按在一条宽宽的长凳上。母亲事先准备了一个可装近二十斤水的大钵头,放进一把盐。这个钵头,坊间就叫"猪钵头"。只见白光闪动,尖刀进了猪的下脖,带着热气的猪血哗啦哗啦进了猪钵头里。一头猪大约三斤血,杀猪匠再兑入十几斤水,用木勺搅上一两下,就用豆腐桶浸猪、煺猪毛、掏内脏等。

杀猪匠胖乎乎的,说出的每句话似乎都淌着油。但他有杀猪的手艺,主人家都敬着他。猪血豆腐能不能做好,杀猪匠冲入的水量是一个关键因素。看起来他舀水很随意,其实多年的经验积累,让他有足够的底气。如果水加多了,豆腐就会太嫩,扶不上手;水加少了,豆腐又会太老,口感不好。

加了盐的鲜猪血,很快就会呈现凝结成块的样子。母亲将大锅的水烧开,用尖刀在猪钵头里划"井"字,凝固的猪血被划成一块块的,母亲将其倒入大锅。

母亲将稻秆或者麦秆折成一圈,慢慢地添进土灶。蓝色的火苗聚在锅底,温柔地舔着这个即将开启美味的早晨。

此时,如果用硬柴烧,就容易火力过猛。倘若烧猪血时热水溢出了锅,那一锅的猪血豆腐就几乎毁了。火大会导致猪血豆腐变硬,出现大量的小孔,很难看也不好吃,这是断断不允许犯的低级错误。

要知道,在以往的农家,杀猪是一年里的大事。邻里之间你帮我我帮你,你送我一碗,我回你一碗,在这种点滴流淌的礼尚往来中,猪血豆腐是主角。因此,用稻秆文火煮,煮到一定的时候,就不再续柴。用母亲的话说,叫"养"。养熟的猪血豆腐嫩滑如玉,柔和的紫红流淌着生活的温度。

把一块厚滑的猪血豆腐装进盘子,郑重地端起往邻家走。"这么客气啊,谢谢谢谢。"一连端上几趟,每一趟都能收获朴素的赞美和感谢。几只麻雀在枝头跳来跳去,叽叽喳喳,有时立着不动,有时抖抖羽毛。它们，是不是也被猪血豆腐吸引？

　　杀年猪这天的中午，必定有一个菜是咸菜滚猪血豆腐。那年头，猪肉是卖给杀猪匠的，家里方方面面的支出都等着花钱，哪里舍得自己吃呢？只有猪血豆腐，送了人后，总要留下一两块。咸菜是母亲自己腌的，不到满月不会取出来吃。母亲的咸菜干净安全，它和猪血豆腐组合在一起，和谐而简单。那份低调的气场就像门口的石板路，给人踏踏实实的意味。热气腾腾的咸菜猪血豆腐，把孩子们的目光像小猫的尾巴梢一样缠绕在一起。那香味，馋虫都要被勾出来了。夹一块猪血豆腐，放进嘴里，你会看见春天在一点点地化开，灰暗的日子长出了明媚的翅膀。

　　前几天，我在一个摊位的角落见到了猪血豆腐。它们安静地待在塑料大盆里。风淡淡的，阳光也淡淡的，我看向猪血豆腐的目光也是淡淡的。我接过排骨，卖肉的喊："猪血豆腐是白送的，喜欢的随便拿。"

　　往事哗啦啦涌到面前。我的心莫名地疼了一下。曾经盛装出场的猪血豆腐，在几十年后的今天，早已失去了地位。

　　可我总觉得它应该是有底气的。猪血豆腐的胸中激荡过风和雷，经得起热闹，也理应受得了沉静。晚上，我烧了一个猪血豆腐炖黄豆芽，清爽可口，让人胃口大开。我晒出的图片，把一群爱做菜的人搅得蠢蠢欲动。

　　生活从来不是简单的加和减，人生也从来不是简单的高潮和低谷。猪血豆腐，不会因为某些冷落而消失。

走过冬天便是春

鳗

　　有一段时间，我天天逛淘宝。输入"海鲜"二字，寻找带"海鲜""鲜活"字样的店铺，再一家家地看图片、看评价。

　　说是"鲜活"，其实都是冷冻品，也不知冻了多久了。每家海鲜店里，都有大量的好评，正看得人蠢蠢欲动，再点开差评，那心情就像放进烤箱的发酵面团，蓬松的，堵了我的心。谁都知道，好评可能是刷的，差评往往是真实的反馈。

　　无奈，我在朋友圈发了一条消息：买海鲜，求推荐。

　　圈友们纷纷献计献策。有一位直接送惊喜：别买了，我送你。

谁呢?"噜啦啦啦啦啦",好长的名字。点开头像,是一位戴着帽子的姑娘,五官被遮住了大半,却难掩那份俏皮和妩媚。

我们没有任何交情,我对她的情况一无所知。海鲜贵,临近春节的海鲜更贵。所以这事较不得真。

不想几天后,"噜啦啦啦啦啦"问我要地址。她说下午刚捕的海鲜,明天十点左右就可以寄到。末了,她加了一句,这绝对是最新鲜的。

次日,我如期收到了海鲜,很大一箱,用白色的泡沫箱装着。打开箱子,里面有咸蟹、黄鱼、鲳鱼、墨鱼、带鱼、大虾,还有几样叫不出名字。其中,有两条很长的鱼,居然像蛇一样,吓了我一跳。

原来,这是海鳗。

我知道有一种钙片叫鳗钙,富含钙和维生素,孕妇和小孩多半都吃过。但吃如此新鲜的海鳗,我绝对是第一次。

当然,这些海鲜们,以如此火箭般的速度,从宁波的大海跑到我家的冰箱里和餐桌上,可结结实实地把我感动了。

我取出一条鳗鱼,眼前的它细细长长,像一把神话里的宝剑,剑背呈深色,剑腹是白色,头尾带着小尖尖。想象自己着一袭白色的长裙,手执鳗鱼宝剑,右手轻轻一甩,宝剑倏然向远方游动,再一甩,宝剑收缩入鞘,仿佛鱼归大海。

早些年,我吃过的鳗鱼是被沿肚皮剖开,铺展成平面,渔民在它身上撒了很多盐进行腌制储存,吃之前要反复地浸泡和清洗,还是不能把盐分洗掉多少。这种腌制过的鳗鱼总是咸得过分,吃的时候,我只能用"补钙补钙,营养超好"来安慰自己的味蕾。当美食和享受拉开距离，内心总有那么一丝无法言说的遗憾。

如今，这条昨天还在海里畅游的鳗鱼，来到了我面前。它那么长、那么大，只能分几次慢慢享用。我把它剁成三截，另两截放回冰箱。

把鳗鱼切成方块，两边煎得黄黄的，再立起来，把白色的肉质那两边也煎得黄黄的。然后放进生姜、黄酒、生抽、红辣椒、细盐、冷水等，开着锅盖烧，烧到收汁了，再撒上葱花起锅。

父亲一连声地说："好吃，很好吃。第一次吃到这样的鳗鱼。"父亲对食物的评价，非常苛刻。得到他的好评，是很不容易的。确实，这盘红烧鳗鱼，既有营养，又很好吃。

从此，我不知不觉地关注起"噜啦啦啦啦啦"来。她曾让我看过几篇文章，文字灵动，细节丰赡，像春天的花香，富有穿透力。后来，我才知道，她开了一个美食专栏，坚持写稿，一天不落；她每天跑步七公里，风雨无阻；她是句章夜话的朗读者，声音甜得醉人；她是小学老师，工作非常用心……"噜啦啦啦啦啦"特别爱戴帽子，几乎每张照片都有一顶独具特色的帽子。仔细一看，她粉嫩的皮肤吹弹可破，嘴角笑起来弯弯的，像阳光般温暖人心。一个多么青春美丽、多么热爱生活的女子。她不动声色地让我接受了她的大礼，把单纯的爱送给了素不相识的我。

"你太可爱了，率真直白热烈。""你真的真的非常可爱。"我接受着"噜啦啦啦啦啦"的赞美，就像我们已经认识了很久很久。

世间太多的东西，都平凡无奇。但是有了爱和心意，就会变得熠熠生辉，与众不同。就像这来自宁波的鳗鱼。

何必是狗尾巴草

跟着他来到我们班的，是又硬又冷的风。

风里，夹杂着一阵阵的灰尘，把我的眼睛吹成了冒冒失失的柳芽。

听说，他是由小姨照看的。他一次次拿小姨的钱，被发现后，留下一封信，消失了。

小姨请人抽干了附近的所有池塘，求亲友四处找，终于在杭州找回了蓬头垢面的他。

从小姨那儿拿的钱，都被他送同学了。他去杭州的路费，是妈妈给的零花钱。他不情不愿地回到了爸爸妈妈身边，也因此转了学，来到我们班。

他看起来是那么温良，白白净净的脸，高高瘦瘦的身材，戴着一副镶了一圈白边的眼镜，怎么看都像一个读书人。他的名字——何必,更像个文化人的名字。

"何必,何必呢——"同学们爱拖腔拉调地笑话他。

"何必呢?"这次问话的是我。

"阿秋老师,他跑了。科学老师说了他,他就跑了。"前桌回答。

"跑,让他跑去。"我装出漫不经心的样子,心里却像窜进了一股邪风,吹得我东摇西晃。初春的校园,有一股凛冽的气息。我不知道自己是在欣赏树枝上挂着的清冷,还是成了一片风中的树叶。

出入校园要过门卫师傅这一关,没有我开的出门条,何必不可能出去。

我的心在自我安慰和茫然不安中,终于等到了何必的出现。他坐在自己的座位上,歪着脑袋,一副雷电来了我不怕的表情。我走近他身边,静静地站着。

在何必来到我班的第一周,就有人告诉我,他在原来的学校喜欢和老师"躲猫猫",一言不合就玩失踪。有一次,老师、同学找了他半天,他还在树下扔小纸条,上面写着:即将进入第三关。

这样的学生,渴望刷存在感。他想用这种方式引起他人的注意,如果他发现这样做很管用,就会频频出招。

我当作什么都没有发生,走开了。

此后,我经常会喊:"何必,帮老师抱一下作业本。""何必,奖状帮忙贴一下。""何必,你有橡皮吗?"

何必坐在教室的最后一排,离讲台远。我的声音像惊扰了窗外广玉兰树上的鸟儿一般,从这棵树飞到另一棵树,一起一落之间,引得许多的树叶哗哗作响。

在一次作文课上,我让同学们用一个比喻句形容自己。小雪说:"我是一只蝴蝶,喜欢穿着漂亮的衣服,飞来飞去。"阿东说:"我是一条小溪,有时胖,有时瘦,但一直唱着自己的歌。"月月说:"我是一颗成熟的石榴,整天乐呵呵。"

"何必,你说说看。"

"我是一株狗尾巴草——"何必的声音,比春天的风硬,比冬天的风冷。这风才刮出嘴角,就被一股热浪吞没了。

周末,我去了何必的家。何必的妈妈有着瘦瘦的脸庞和看起来有点粗的腰身。她走起路来慢慢的,好像怕有什么闪失。她看出我眼神里的疑问,说:"跑杭州好几趟才怀上的,为这事,何必可有情绪了。"

走出何必的家,我看到门口有一大丛的狗尾巴草。我仿佛看见何必把狗尾巴草斜斜地叼在嘴里,斜斜地看着天空。一两朵神情忧伤的白云,正看着他,就像水看着鱼儿。

教室的西北角,有一个鱼缸。不久前,成了空鱼缸。原先的两条金鱼,不知什么原因翻了肚皮。水,变得忧伤和寂寞。

我用儿子玩的捞鱼网在乡下的池塘一角捞了三条小鱼,把它们养在了鱼缸里。同学们都没有注意。那几条鱼,实在是太小了,最长的,不过两厘米。家乡人称这种鱼为"白眼伶仃"。它们经常一群群地聚集在水面。水微微地笑着,仿佛被风儿挠了小痒。

"鱼,有鱼哎。"阿东看见何必愣在鱼缸前,凑近看了看,发现了水的秘密。鱼的出现，让水有了生命，也让何必有了事干。一下课，他就爱盯着鱼儿。那么小的鱼缸，那么小的鱼儿，他一点也看不腻，仿佛那是一个无比丰富的世界。

"何必，这几条白眼伶仃就交给你了。你可要把它们照顾好啊。"我很认真地说。何必的眼珠子微微一转，视线在空中划出一道抛物线，然后落在左侧的鱼缸上。他没有回答，却点头表示了他的决心。

风儿暖融融、花儿闹腾腾的午后，何必突然招呼我："阿秋老师，快来！"我三两步冲到鱼缸前。只见鱼缸里多出了一条很小很小的鱼儿。

"鱼妈妈在生孩子。"何必的声音低低的，生怕惊动了鱼儿。

过了一会儿，在小鱼的尾部，出现一条小小的鱼尾巴，慢慢地，尾巴变长了一点，可到了头那儿就停住了。仿佛过了很久，小小鱼终于生出来了。十几秒后，小鱼又要生了。这次头先出来，尾巴马上就跟了出来，两秒钟都不到就成功了。三条小小鱼跟着小鱼游来游去，小小鱼身体的颜色也在慢慢地变浅。那晶莹剔透的模样，仿佛和水融在了一起。

何必的眼睛里，落满了鱼儿。他的眉毛，也像鱼儿一样游动起来。

此后，他不再孤僻。除了看鱼，他会和同学们一起玩，和爸爸妈妈的关系也缓解了。

家访那天，何必妈妈告诉我，何必从小就爱捉鱼、养鱼。我固执地相信，一个爱鱼的孩子，一个热爱生命的孩子，内心定然是柔软的。

"何必，你有一颗善良的心。"我想起安徒生在《丑小鸭》中的描述——"一颗好的心"。

"阿秋老师,我是一株狗尾巴草——"何必的话,把我带回到那天的课堂。虽然同学们哄堂大笑,但我分明听见了尾音:"很平凡,也很可怜。"

我不安地看向何必,发现阳光正落在他的脸上,那是一张青春、蓬勃的脸。何必迎着我的目光说:"很坚强,很幸运。"我笑了。何必也笑了。

人不是慢慢长大的。只是一瞬间,我的学生何必,就长大了。

祖父的太阳

当祖父领着木匠老师走进家门,全村人的眼睛都张大了。

在浙中农村,所有的手艺人,都被尊称为"老师",裁缝老师、钉秤老师、篾匠老师等。老师请进家门,家里人要供他吃,这叫作"供老师"。

一年到头,祖父的肚子都像个空空的布袋子,晃晃荡荡的。他常年在腰间绑着一条绳子,绑得紧紧的。这样,饥饿感就会轻一点。绳子上还垂着一根"尾巴",尾巴不紧不慢地发出啪嗒啪嗒的声响。声音是硬的,节奏是软的。它们像祖父的眼神,又坚硬,又柔软。临睡前,祖父抓起绳子,绳子的一端绑着一个马蹄形的扁玩意，那是一块磁铁。祖父走路时，磁铁就会认真地工作，吸附一路的铁钉、铁皮、铁丝、铁砂等。当然，有时磁铁也会一无所获。但祖父深知积少成多的道理，他把路上的战利品倒进角落的方篮里。积年累月，方篮的肚子大了起来，祖父挑出一部分换成钱，留下铁钉自己用。

祖父还常去村子北边的山林里转。那里是层层叠叠的山，山上长满了松树。遇上被雷劈断、被野猪拱了、被泥沙冲倒的松树，他就会哼哧哼哧地扛回家。慢慢地，门口的泥地上，码起了松树，它们的皮肤在阳光下咧开了嘴，像和祖父述说着什么。

夜深人静的时候，祖父常常对着松树自言自语。

做一个木柜，是祖父的人生理想。十二年来，他一天都没有停止过对木柜的憧憬。

这个理想终于近在眼前了。祖父有铁钉、有木材，可以供老师了。

可是，供老师需要提供一日两餐，这也许比准备木材还要艰难。

当时，村里人一年只吃两餐半的白米饭。大年三十晚上吃半餐，另外半餐是"存菜饭"；新年第一天吃一餐；还有一餐是新谷第一次碾出的那餐，也叫吃"新餐"。除了这些，平时吃的都是掺入红萝卜、青菜等的菜饭。供老师，除了要供白米饭，还要供一荤三素共四个菜。素菜可以向土地索取，这碗名叫猪肉的荤菜，对于一年到头不见油星的农家，着实是一个大难题。

到了吃饭时分，村里人就会一个个走过祖父家。他们装作无意走过的样子，鼻子使劲地嗅着，眼睛使劲地往屋里探。有的干脆走进家门,步伐大大的,声音响响地问:"吃过没?"

来人三两步走到八仙桌前,看到桌上已经端上了白米饭和三个素菜。祖父走了过来。他脸上堆满了笑,两手慎重地端着一碗肉,就像端着一个太阳。这轮太阳把祖父的笑容照得熠熠生辉,把祖父以往拖拖拉拉的脚步照得稳健有力。当然,也把来人想看好戏的心照得枯萎下去。来人说了一句"体咪体咪"(丰盛的意思)就迅速撤退了。

祖父成了村里人眼里的能人。大家对他的称赞风一样从村西刮过村东,从村南刮过村北,刮过祖父走过的每一条路,刮过那片茂盛的松树林。

祖父吃了很久的胡萝卜。那时的胡萝卜很多,是做菜饭和喂猪用的。饿了,他就去山林附近的溪里喝水。只要能省下米,每天供出两碗白米饭,祖父就觉得值。

祖父把那碗猪肉搁锅里蒸上几分钟,每餐端过来端过去。颜色在一点点加深,肉却像没拆封的牛皮纸信封,鼓鼓囊囊,原封不动。每个行业都有自己的规矩,一方水土,有一方水土的执念。供老师的规矩里,肉必须有,却只是当装饰品一样放着。说句俗气的,它只是为主人撑台面用的。只有在活计全部结束的那餐,所供的老师才会吃上一块。

祖父的柜子做好了。祖父闻着松木香,麻利地把猪油罐、针线包、麦秆扇等小物件,一一在柜子里放好。房子变大了,变亮了。祖父说话都变得有底气了。"吃,多吃点。"祖父豪迈地说着。木匠老师夹起一块肉放进嘴里。

那个少了一块肉的地方,露出了白色的鸡蛋壳,带着油腻腻、圆鼓鼓的美满。

原来,祖父的那碗肉,只有上面的一层。肉夹开,半个半个的鸡蛋壳堆聚在下面,就像自带光芒的太阳。

最是那低眉的温柔

走了一条街，又走了一条街，母亲的羊毛衫还是没有着落。

母亲对衣服的要求有两个，一要大一点，二要用纽子。

母亲的人生字典里，每一页都写着"干活"两个字，衣服太合身，或者小了，她就觉得不自在。而纽子，就像陪伴在她左右的田野的风，没有它们，她也不自在。

小时候，我的衣服多半是请裁缝做的。过年前，母亲扯了布料，请了村里的裁缝，来家里做衣服。

裁缝量身、剪裁、踏线，有条不紊。但有一项工作，必然是母亲做的，那就是缝纽子。

烟火人间

秋珍画于天山梦成

走过冬天便是春

家乡人称纽扣为"纽子"。从小，我就觉得这两个字的发音特别好听，母亲念起它，首字拉出一个美妙的弧度，尾字短促而温柔，像念孩子的小名。母亲对裁缝的手艺是认可的，但她觉得裁缝缝的纽子不够牢靠。在母亲眼里，纽子是非常要紧的，它连接了左襟和右襟，使衣服平整挺拔，又能避寒。母亲无法想象，干活时突然掉落一粒纽子，会是怎样的尴尬和不便。

母亲拉了双线，在线尾打个结，从衣服的内层穿过纽子的小孔。一粒纽子一般四个小孔，母亲有时把线缝成十字，有时缝成口字，她总是喜欢多走几个回合，把十字或口字用线缝得牢牢的。如果是夏天的衣服，纽子又小又薄，只有两个小孔，有的小孔在内层的两侧，母亲就会改用细一些的针，以便顺利穿行。

每次上学前，母亲总会蹲下身，检查我的纽子是否扣好。她的眼神从下往上扫描，像阳光抚摸着裸露在溪滩的鹅卵石。眼神所到之处，鹅卵石瞬间发光发暖。

小孩子吵架，爱扯衣服，胸前第二颗纽子总被扯掉。有时，就是做个游戏，玩个石头剪子布，也会突然吵起来。每每这时，我总是捡起掉落的纽子，用纸包了带回家。母亲总会在当晚拿出那个已经生锈的小铁盒。那里装着杂七杂八的小东西，有别针、顶针、各种颜色的线、粗细不一的针，当然还有各种纽子。母亲把线头放进嘴里，轻轻一舔，再把它穿进针眼，然后选择合适的长度，打个线结，开始了一针一线的穿行。

十岁那年，母亲卖了两只大公鸭，给我扯了灯芯绒布。布是蓝色的，纽子也是蓝色的。当村里的裁缝做好了我的衣服之后，母亲会和往常一样很认真地缝上纽子。五粒好看的纽子像参加出操比赛的学生，整整齐齐地排列着，仔细看，它们像极了一张张笑脸，像极了我穿上新衣服的心情。

可能是太喜欢这件衣服了，我有意无意地摸着纽子，解开又扣回，扣回又解开，有时还给它做360度运动。有几次，我还把它拿到眼前细细端详。

那天回家，进门的刹那，我总觉得少了什么。低头一看，是衣服的第五粒纽子不见了，下摆开出了一个角，有风灌进来。我在心里暗叫一声"不好"，连书包都没放下就往回走。草地、泥路甚至瓦砾堆都找了，我连纽子的影子都没见着。最后，我带着自己灰溜溜的影子回了家。

母亲忙完农活接着忙晚饭，当她终于注意到我的纽子时，月亮已经睡眼惺忪。母亲拿着手电筒，跟在我后面，让我沿着回家的路线找，我们一直从家走到学校，走进教室。当时，我在村小就读，教室门从来不关。

纽子没了，谁也不知道它丢在了哪里。母亲给我找了另一件衣服。

一个多星期后，母亲在我惊讶的目光里，拆下了灯芯绒外衣的四粒纽子，把它们放进小铁盒，再缝上新的纽子。

母亲跑了一趟县城，买了六粒纽子。原先的纽子买不到了，母亲多买了一粒。母亲虽然是个农民，但做事情一直都一丝不苟。从她种庄稼就可以看出，她插的秧苗，一簇簇之间的距离都很匀称，仿佛用

走过冬天便是春

尺子量过。母亲用她的行动告诉我，做任何事情都来不得敷衍。纽子和衣服的配合，要相得益彰恰如其分，甚至融为一体。一件衣服上的所有纽子，它们是一个团队，不能有一粒搞特殊化。

我家门口有一汪池塘，埠头边的石头上有螺蛳，塘底的泥土里也有螺蛳。有时一摸，还能摸上纽子。一粒粒形形色色、大大小小的纽子，甚是好看。我把它们放进母亲的小铁盒里，就像给生活找到了后备力量。有时，左邻右舍掉了纽子，母亲会从小铁盒里找出相配的送他们。一粒小小的纽子，连接了乡村人朴素的感情。

后来，母亲的手脚不再方便，穿起要伸举手臂、从脑袋套入的衣服非常吃力。至于拉链衫，母亲一直不喜欢，觉得它生硬没感情。纽子成了母亲的专宠。

我在街上走啊走，终于看到了缝有纽子的羊毛衫。藕色的羊毛衫，藕色的纽子，像极了时光里的笑脸，怎么看都觉得好看。

收到新衣服的母亲，笑靥如花。她找来针线，准备把纽子再缝上一遍。

"纽子一定要缝牢，丢了可不好。"母亲说。

母亲坐在凳子上，衣服搁在她的双腿上。她的眼睛柔和地看着纽子，右手的针线流畅地穿行着。那低眉间的温柔，仿佛让时光停止了流动。

一把木梳

外婆出嫁时,像个公主。她不仅戴着缀满流苏宝石的凤冠,还带来了红绸子包着的宝物。

那是一套桃木梳子,手感光滑,齿体圆润,背上刻着两道竹节形脊,从大到小地排开,一共五把。外婆说,这叫五代鸳鸯梳。有了它,就能五代同堂、夫妻恩爱、身体健康。

外婆每天都在小院的葡萄架下,用最大的那把鸳鸯梳梳头,一下,一下,又一下,外婆的动作轻轻柔柔,眼神轻轻柔柔,声音也轻轻柔柔:"一梳梳到头,洁心不染尘;二梳梳到头,无病又无忧;三梳梳到头,此生共白头。"

小花猫在外婆的脚边绕来绕去。细碎的阳光像小猫一样在外婆的发间跳跃,外婆柔软的黑发仿佛游动起来。外婆把头发盘成一个髻，圆圆的，给晨梳打上了一个美美的符号。

九年后，外婆生下了三个儿子、三个女儿。小花猫变成了老花猫，慵慵懒懒的。外婆每天都给女儿们梳头，再编出好几条麻花辫，像一串葡萄坠在脑后，跑起来一跳一跳的，仿佛被猫儿追赶的毛线球。

外婆的大女儿害偏头痛。外婆每天早晚给她梳三百下头发，一天不落。后来，大女儿养成了每天梳头的习惯。木梳变得闪闪发亮，大女儿的头发也闪闪发亮。

"文革"期间，外婆的五代鸳鸯梳遗失了，只留下最小的那把。大女儿出嫁那天，外婆用红绸子包好桃木梳，交给了大女儿。

第三年，大女儿成了我母亲。

我从小就对长发和木梳感兴趣。六岁时，我学会了自己扎头发。小木梳在发间穿梭，所有的头发乖乖地听着它的指挥，排成整齐的队伍，再用橡皮圈一扎，整个人就变得格外精神了。

十六岁那年，我成了师范生。不知道是水土不服，还是学业紧张，我右侧的脑袋总是疼，像锤子在敲打。吃了好多药，总也不见好转。它像一个甩不掉的噩梦，夜夜惊扰着我。母亲听说后，骑着自行车跑了二十多公里。她喘着粗气，出现在我四楼的宿舍。母亲从一个布包里取出红绸子，拿出桃木梳，郑重地交给我："用木梳梳头，可以通经活血。桃木，还能辟邪呢。我当年的偏头痛，就是你外婆的桃木梳梳好的。"

后来，我的偏头痛渐渐好了。桃木梳成了我们寝室最受欢迎的物

219

品，来自金华各地的室友们叫它"东阳木梳"。

我真正认识东阳木梳是在十七年后。这年，表妹大学毕业选择在东阳木梳厂工作。一切仿佛因缘注定。我恍然看见了外婆当年出嫁的情形，看见了用红绸子层层包裹的五代鸳鸯梳。我决定一探究竟。

走进木梳厂，我才有些微的了解，一把小小的木梳，凝聚着怎样的心血。

制作东阳木梳的过程，传统说法叫"十八样"，也就是要有十八样工具，要经过十八道工序。一整套的流程繁复得像一个巨大的工程。

工人们把整段木头锯成厚度为六厘米的若干段饼状木头，这一流程叫"锯坯"，行内俗称"断本子"。然后就是"出坯"，也叫"取料"。只有取好料，才能使成品木梳不变形，梳齿不畸形。因此，取料方法有些讲究，锯坯时要按树的横断面，顺着树龄结构呈"人"字形下锯。锯坯要呈"△"形状下料。这样出坯可以不需热处理，还能避免树汁过快流失，防止木质脆化。接着是"斩头"，把木梳坯边上残余的部分斩除，使木梳坯达到若干种规格、尺寸，再将木梳坯进行烘干处理。烘干好的木梳坯箍在一起，再放入一些木梳坯撑紧，叫"箍坯"，它能使木梳坯长时间地储存且不易变形。然后锯掉木梳坯的两个角，利于木梳坯固定在"作马"上。此后，还要经历刨坯、画坯、开齿、出线、撞根、脱面、剔齿、料齿、绕背、做伐角、刨背、抛光等一系列工序，一把东阳木梳才算做成。这个过程就像经历一场风暴，锤炼出生活的底色。

我的手轻轻地抚摸着木梳，就像抚摸着怀胎十月诞生的娃娃，心中升腾起爱意和暖意。东阳的木梳手艺人们，在日复一日的努力中，将寂寞和坚守打造成了具有质感和美感的木梳，给家乡人带来日日可触的温情。

又是一个明亮的清晨。阳光像猫一样地跳跃在窗台的木梳上。我拿起木梳，享受着它带来的柔情，想起了刻刀与木头的灵魂碰撞，想起了母亲奔波的自行车，想起了外婆的祈愿：

"一梳梳到头，洁心不染尘；二梳梳到头，无病又无忧；三梳梳到头，此生共白头。"

虚负东阳酒担来

"东阳酒,初恋的味道,初恋的味道啊。"随着夸张的拖音,笑声和掌声一起回荡在东阳市历史文化研究会、东阳市诗词楹联学会的年会现场。压轴节目《醉八仙歪传》以一担东阳酒引爆全场。

舞台下的我和大家一起端起酒杯,轻轻抿了一口东阳酒,琥珀色的液体滑过舌尖,是那种带着薄薄的苦辛味的香。那香味结实悠长,润润地过喉,滑滑地进嗓,暖暖地入腹。不消多久,体内就仿佛点燃了一根小小的火柴,蛰伏的激情瞬间苏醒。蓦地,眼前飞过一大片红霞,停在苏醒者的脸上、脖子上以及嘴巴上。空气里,海浪一样的语言,带着裸露的坦率,

酒逢知己饮，诗句会人吟
壬寅秋彩画于天山梦城

走过冬天便是春

释放着，奔涌着。

东阳酒，俨然一条火辣辣的纽带，驱散了人和人之间的疏离感。在东阳，哪个重要的节点，不需要东阳酒来助兴呢？小孩出生到周岁，要请庆生酒、满月酒、周岁酒；造房子，要请奠基酒、开工酒、上梁酒、完工酒；男女联姻，要喝定亲酒、结婚酒……普通日子，走亲访友，也少不了东阳酒。

东阳酒的历史像酒香一样绵长。唐代诗人韦庄在《东阳赠别》一诗中的"大抵行人难诉酒"，是目前所见的最早的对东阳酒的文字记载。到了宋朝，东阳酒更是声名赫赫，"山崦寻香得早梅，园丁又报水仙开。独醒坐看儿孙醉，虚负东阳酒担来。"陆游不仅写了这首《东阳郭希吕吕子益送酒》，还写下了《石洞馂酒》《饮石洞酒戏作》等多篇赞誉东阳酒的诗。元朝时，东阳酒、洞庭柑和西湖蟹被誉为"江南三宝"。明朝人则把酒的价值升华到药用的高度，在《食物本草》中记载："入药用东阳酒最佳，其酒自古擅名。"东阳酒最佳在何处？大家可以从清朝康熙年《新修东阳县志》的记载里看出端倪："水白、米白、曲白，更无他造作，谓之三白，此为上品。"

冷风乍起，冬意渐袭。好客的东阳人开始做酒。此时酿酒，恰好过年可以待客。一个热闹而体面的年，怎么可以没有东阳酒呢？

在东阳酒的古方中，蓼曲的配方独树一帜。李时珍在《本草纲目》中赞誉东阳酒所用蓼曲，曰："古人造曲未见入诸药，合和者如此，则功力和厚，皆胜余酒。"东阳酒的蓼曲配方，简直是一个盛大的春天花园。你听，"白面一百斤，桃仁三斤，杏仁三斤，草乌一斤，乌头三斤，煮熟的绿豆五斤，木香四两，官桂八两，辣蓼十斤，水浸七日。沥母藤十斤，苍耳草十斤，同蓼草三味，入锅煎煮绿豆。每石米内，放曲十斤。"每一物，都带着草木的芬芳和大自然的灵秀之气。

好酒自然离不开好料。用来酿东阳酒的水，汲取钱塘江源头之水，洁净清澈；用来酿东阳酒的米，选用的是南江流域八里湾平原生产的糯米，精白饱满；用来酿东阳酒的曲，用的是东阳独创的蓼曲，借其辛辣发力。将糯米倒入豆腐桶，浸渍一天两夜后，将白白胖胖的糯米倒入饭甑，置于镬灶蒸熟。此时的糯米，在氤氲的热气里，释放着浓郁的饭香。将糯米摊开于地簟上，凉透后以100∶10的比例拌上蓼曲，倒入大大的投缸中加水搅拌。糯米与水的比例大概是100∶150。在蓼曲和水的加持下，主人对每一粒糯米的发酵都自信心满满。

经过十多个小时以后，酒开始进入主发酵，缸中可听到响声，把酒醅顶到液面上，形成"厚盖被"现象。此时的发酵醪已略带酒香，品温也比落缸前高14～17℃。为使糖化发酵均匀和控制发酵品温，要及时打酒，这个步骤叫"开耙"。倘缸里的东西翻滚起来，一个个气泡溢出来，并伴有"乒乓、乒乓"的声音，就可以用耙子破壳搅拌了。东阳坊间形象地把它称为"炸空"。气泡冒上来，打下去；又冒上来，又打下去。如是循环五到七天，酒变得澄清。打酒意在通过搅拌，使酒充分、均匀地发酵，不至于闷酸。

暖风微醺，新酒初熟。此时的酒，酒面浮起酒渣，色微绿，细如蚁。白居易的"绿蚁新醅酒，红泥小火炉"中的"绿蚁"就是指新出的酒。新出的酒要倒入酒箬过滤，也叫漉酒、酾酒、湑酒。漉酒在古

此桃只应天上有,
酿得琼露醉人间。

壬寅立夏
秋珍画于
天山梦城

时有专门的工具，称酒篘，是竹制的筐型物品。

　　漉酒后还需煮酒。煮酒是为了杀死酒中的微生物，使酒质保持相对稳定。如果把酒煮沸了，大量的酒精被蒸发，势必影响酒的质量；如果不煮沸，微生物杀不死，起不到煮酒的目的。因此，煮酒要控制在未沸到沸的临界温度上，这就需要耐心，更需要技术。煮酒后，将东阳酒冷却灌坛，用黄金泥、箬叶封酒。至此，一坛醇香的东阳酒就诞生了。

　　东阳酒有通血脉、温脾胃、养肌肤的功效，东阳酒和其他药物配合，还能发挥更广泛的药用价值，《本草纲目》记载的六十九款药方，全部需用东阳酒。东阳酒独特的酿造工艺，使其成为东阳文化的载体，千年传承，不失纯真。

　　春日的窗外，鸟正飞，花正香。我端起一杯东阳酒，在纯净的柔光里，感觉自己化成了一方田、一粒米、一滴酒。

晒月亮的口罩

一

夜，深。

月亮慵懒地眨着眼睛。田野一片阒寂。男人牵着女人的左手，踢踏踢踏，踩醒了一地的月光。

正是冬和春交替的时节，男人和女人即使戴了手套，手还是像浸了水一样的冰凉；即使戴着口罩，鼻子依然感觉灌进了风。

女人走向一畦菜地，蹲下身子，男人还没明白过来，她就拧下一颗包心菜，捧在怀里。

"这是老陈家的。"男人说。

"我家的。"女人说，"给小芳。"

"小芳早睡了,我们回家吧。"男人一手接过包心菜,一手牵着女人。

男人走到老陈家,摸索着口袋,从门缝塞进去一张纸币,若无其事地继续往家走。

二

女人起得很晚。几天前,她习惯了白天睡觉,晚上出门。

女人也不想白天睡觉,她只想出门,但男人不同意。大家都不同意。

三

只要女人出门,男人就陪着她。没空的时候,男人就锁了大门。

这样的日子,已经整整两年了。

三个多月前,男人在厨房炒菜。女人背了个梯子,搭在围墙上。等男人发现的时候,女人已经从围墙上跳下。好在围墙不高,女人只是伤了右脚。右脚青了,肿了,像一个老树桩。女人依然喜欢往外走。本来医生说一个月就能好的脚,愣是拖了两个月。

女人经常要去小芳家。

小芳是男人和女人的女儿,嫁在邻村。女人走出村庄前,总要去田里摘菜。男人呢,只要知道摘了谁家的,就上门道歉,还非要掏出钱给人家。

女人经常迷路,一个人出去就找不到回家的路,男人为此还报过警。后来,男人把一个定位器挂在女人的脖子上。女人嫌碍手,没几天就把它扯了。

四

新冠肺炎疫情来得猝不及防。女人再也不能出门了。男人找了一袋花生让女人剥。剥着剥着,女人就坐不住了,起身去开门。

嘭嘭嘭。那扇暗红色的铁门被女人摇晃着,发出固执的回声,和女人的固执缠绕着,撞击着,谁也不让谁。

男人把女人拉回,说:"你把它们剥出来,我们给小芳。"

女人又开始剥了,剥着剥着,女人又坐不住了,又起身去开门。

嘭嘭嘭。嘭嘭嘭。固执的铁门和固执的女人,谁也不让谁。

男人又把女人拉回,说:"你把它们剥出来,我们给小芳,好不好?"

如此,一遍又一遍。

男人哄着女人,就像哄着三岁的娃娃:外面有会传染的病毒,我们不能出去。晚上没人的时候,我们再戴着口罩出去,好不好?

五

月光浅浅的,苍白得像经历了太多的风霜。男人和女人走过田野,走过溪滩,走在月光的怀抱里。田野里有胡葱,一簇簇的,在月光下显得深邃而低调。溪滩里有很多石头,比以往女人种的菜还多。

以前，一到初春，女人就会去拔胡葱，男人会做上一道胡葱腊肉。青菜长大了，女人会拔了摊上一两天，变软了腌成咸菜，在罐子里压实，上面放几块鹅卵石。

如今，女人孤身一人闯进了一个单纯的世界。

男人问："我是谁？"

女人答："我爸爸。"

女人知道，这个男人对她好，会给做她吃的，会陪她出去走走。但她把男人丢了，丢得干干净净。

男人和女人说起他和她的故事，说起那些鸡毛蒜皮的事儿，即使女人再也捡不起遗落在岁月路上的一小块鹅卵石，他也照旧说着那些往事。

六

阿尔茨海默病这个家伙，选中一辈子俯身于田野的女人，霸道地让她开启了遗忘模式。

但月亮不会遗忘女人。它慷慨地把柔和的光一个劲地铺开，铺向每个角落，铺向这个被疫情暂时绑住自由的乡村，铺向男人和女人额头眼角的皱纹，以及那层捂住了嘴角的口罩。

不能晒太阳，我们就晒月亮。男人说着，牵着女人的手，走向夜的深处。

男人，是我八十八岁的公公。女人，是我八十五岁的婆婆。

繁花盛开在白天。公公对婆婆的爱，住在月亮的眼眸里。

一双小白鞋

我的小学是在自己村里上的。

校舍的前身是生产队的牛棚。操场是一块长方形的泥土地,风一吹,就把人吹成眯眯眼。一年到头,学生们难得有文艺活动。

我九岁那年,学校要排练一个节目,元旦去县城参加比赛。这是学校的大事,也是学生们的大事。我被老师选中,每天在操场学习跳舞。几天后,老师又让我当"小老师",把还不会跳的同学教会。我的鞋子上,总是落满灰尘,脸上也蒙着薄薄的一层尘土。但我心里像开了喇叭花,恨不得拿起大喇叭告诉全村所有人:"我是领舞,我们还要去城里比赛。"

可是,当我把这个好消息告诉母亲的时

候，她只问了一句："穿什么有规定吗？"

"衣服由老师统一借，只要一双小白鞋就好了。"我的声音清脆得像长了翅膀。母亲眼里的光，像撤了柴的灶膛，暗了下去。

母亲在生产队劳动，从来不偷一点懒，比男人的力气还大。但男人一天挣十二个工分，母亲只有八个工分。八个工分抵四毛钱，六毛五分钱可以买一斤猪肉。小小的我，早就知晓生活里的算术题。

"我可以不吃猪肉。"我踩着母亲的脚印说。其实，一年到头，吃猪肉的机会像南方冬天的雪，很难出现。

母亲没说话。她默默地干着活。一旁的弟弟默默地翻着一本没有封皮的小人书。

突然，小人书掉落在地，弟弟紧闭双眼倒在地上。母亲赶紧拿筷子去撬弟弟咬得紧紧的嘴巴。

这样的场景一个月会出现几次。弟弟只在母亲的肚子里待了八个月。村里人说，八个月的孩子是养不大的。母亲不信。只是弟弟一犯病，母亲就翻箱子找钱，更多的时候，是向村人借，有时一元，有时两元。

母亲向邻居借了钱，把弟弟放在手推车里，就往离家十五里的县城赶。

直到第二天早上，母亲才回来。弟弟的手里，拿着一个用牛皮纸包着的包子。包子被咬了小小的一口，有猪肉的香味飘出来。

我看了一眼，情绪突然失控，大声说："你重男轻女！"

母亲愣住了。她没有想到，在我的心里，弟弟的生命居然不如我的小白鞋重要。她扬起手，又垂下。一颗滚圆的珠子从她眼角滑落。半晌，母亲说："你也投错了胎。我没有用，你自己想法子吧。"

那天，走在放学的路上，我一边走，一边看脚上的鞋子。鞋子是母亲做的布鞋，鞋帮是青色的，隐约带着斜条纹。母亲做的鞋子很上脚，可没有一双是白色的。

走过一户人家门口，我看到了一小堆石灰。石灰能把墙壁抹白，肯定也能把鞋子抹白。我抹啊抹，鞋子真的变白了。

我蹦蹦跳跳着回家，一路撒下了白白的粉末。到家时，鞋帮又露出了青色的条纹。

母亲得知原委，赶紧拉我洗手。她一边搓我的手，一边絮叨："石灰有腐蚀性，会把手烧坏的。"

当天晚上，母亲就准备做鞋子。好多个夜晚，当我睁开惺忪的眼，母亲还在十五瓦的白炽灯下忙活。灯光黄黄的，母亲的脸也黄黄的。

母亲白天在外忙，晚上在家忙。纳鞋底，纳鞋帮，全是磨时间的活。母亲的眼睛染上了红丝，带着浑浊的黄。

母亲终于做成了三双青色的布鞋，去了毛蓬村。这个村庄隔段时间会有会场。

母亲回来时，带回了一双小白鞋。鞋底有凹凸的花纹，还有泥巴，鞋帮结结实实的，看起来还防水。我迫不及待地穿起来。鞋有些大，一走就踩鞋跟。母亲把做布鞋时剪下的布条，塞进鞋子前端。我看见她的手，布满了冻疮和针眼。

原来，这双小白鞋是母亲用三双布鞋换来的。在农村的习俗里，只有家里有丧事时,才会穿白色的布鞋。因此,母亲只做青色的布鞋,但她觉得自己做的鞋不值钱,就想到了换的办法,哪怕以新换旧,哪怕三双换一双。

那年元旦,我们的舞蹈节目没有得奖,但母亲的小白鞋像一枚奖章,沉甸甸地挂在我心上。

最温暖的声音

电视机遥控器坏了,父亲请人换了一个。

我回老家时,父亲拿出那个遥控器的包装盒,说:"请师傅吃了午饭,他就便宜了三十元。"

我接过包装盒,只见上面写着:全国统一零售价二百六十八元。父亲说:"师傅收了二百三十八元,说我们是好心人,一再道谢呢。"

我拿出手机一扫,同样的商品,淘宝价不过十五元。"爸,您又被骗了。这种价格完全是瞎标的。"虽有些不忍,我还是告诉了父亲真相。

"师傅还说,他的东西很正规,价格全国统一。"父亲的声音明显低了下去。他一定在想,为什么他的善良换不来对方的善良呢。

秋珍畫於天山夢城

走过冬天便是春

在我的记忆里，父亲总是舍得付出。他从小就教育我们"自己吃落粪坑，别人吃传四方"。好吃的东西，他总喜欢送给别人。父亲承包了一口藕塘，到了寒冷的冬天，他就开始挖藕。天冷了，藕价才会高一些。挖藕的苦，没有经历过的人是无法体会的。父亲是赤手赤脚挖藕的，每挖一株藕，都是在和自己的身体抗争。挖了藕，父亲总要先选出藕节完整的大藕送给亲戚、朋友、邻居，留下细细的藕尾巴或挖断的藕给我们吃。挖断的藕，里面就会钻进泥巴，我们要切开它，用筷子一点点地刮泥巴。父亲挖了二十五年的冬藕，我们没有吃过一回胖乎乎且完整的大藕。

那些年，邻村有位邮递员，骑着绿色的自行车送书信和报纸。一遇上吃饭时分，父亲必然要留他吃饭。那邮递员个子一般，但非常壮实。我记得父亲还让我们喊他章木伯。父亲每次都会给他盛上一大碗饭，用铲子压了又压。父亲说："送信很累的，特别消耗体力。"有一次，父亲给邮递员盛了一大碗后，他没和往常一样喊"饱了饱了"，父亲就又给他盛了一碗，结果锅里的饭没了，只留下一圈锅巴。父亲叫母亲铲出锅巴加上水，煮开了一家人吃泡饭，还叮嘱我们不能让别人知道。

村口的埠头淤泥多，小孩子下去洗澡踩在淤泥上，总是大呼小叫。父亲就把家里的几盘石磨都沉到埠头，这样他们踩上去就踏实了。可惜没多久，父亲的石磨就被人偷偷拿走了。

有一年冬天，村里来了个做秤的师傅，父亲把自己的床铺让出来，给异乡的手艺人住，他和母亲住到了阁楼上。

阁楼很矮。木地板铺得不齐整，走上去会摇晃，还有一些裂缝。父亲在阁楼的木地板上铺上稻草，和母亲盖着两件蓑衣，度过了寒冷的夜晚。

对走街串巷的手艺人，父亲是格外敬重的。为了生计，父亲多少次挑着货郎担徒步至一百多里地外的嵊州。他还在嵊州交了一个好朋友。回东阳后，父亲经常会给我们讲他朋友的好，听得我们很是为父亲高兴。

做秤的师傅被父亲的善良感动了。他感谢父亲为他提供吃，又提供住，主动提出要用亏本价给父亲制作一杆秤。

几天后，师傅准备离开西楼村。父亲打着喷嚏，一再感谢师傅给了亏本价做秤。第二天，父亲才知道，那位师傅给村里其他人做秤的要价，居然和父亲付的价格一样。

可是，父亲好像永远不长记性，或者他压根就没想长记性。

某年深秋，村里来了一班弹棉花的手艺人。父亲把两间老房子腾出来，给他们住宿和弹棉花。有了好吃的菜，父亲就会给他们送过去。父亲的身体里，流淌着善良的血，他就爱发自内心地对人好，好像不这样做，他就不叫王福根。

一弹棉花，房子就不像样了，那些棉絮飘飘忽忽地钻进各个角落，家具缝、墙壁缝、木窗缝，简直无孔不入。

对此，有村里人对父亲说："棉花一弹，房子就毁了。"父亲很认真地回答："手艺人，不容易。"

几个星期后，这班"不容易"的手艺人不打一声招呼就消失了。

跟着他们消失的是父亲当宝贝的木材、大瓮、钵头和老柜等物件。爷爷留给父亲的念想，就这样没了踪影。

父亲好几天都蔫蔫的。父亲的心受伤了。

善良的人总是容易受伤。父亲对人是真诚的，没有戒备的。可是，即便屡屡受伤，他依然选择继续善良，继续受伤。

这不，父亲又买了很多鸡蛋，他说是从爱国路摆摊的老太太那里买的土鸡蛋。

"那老太太卖的鸡蛋，是用小的普通鸡蛋来冒充的土鸡蛋。您怎么又信了？"

"我知道那不是土鸡蛋。你爸是农民，懂。"父亲说，"老人家一直站在路口，不容易。我是想让她早点回家。"

父亲的声音沙哑又低沉，却是这凉薄的世界里，最动听、最温暖的声音。

图书在版编目（CIP）数据

走过冬天便是春 / 王秋珍著. — 北京：北京时代华文书局，2022.12
ISBN 978-7-5699-4724-3

Ⅰ.①走… Ⅱ.①王… Ⅲ.①散文集－中国－当代 Ⅳ.①I267

中国版本图书馆CIP数据核字(2022)第193759号

拼音书名 | Zouguo Dongtian Bian Shi Chun

出 版 人 | 陈　涛
策划编辑 | 徐小凤
责任编辑 | 周海燕
责任校对 | 薛　治
封面设计 | 白砚川
内文设计 | 贾静洁
责任印制 | 訾　敬

出版发行 | 北京时代华文书局 http://www.bjsdsj.com.cn
　　　　　北京市东城区安定门外大街138号皇城国际大厦A座8层
　　　　　邮编：100011　电话：010-64263661　64261528

印　　刷 | 三河市嘉科万达彩色印刷有限公司　0316-3156777
　　　　　（如发现印装质量问题，请与印刷厂联系调换）

开　　本 | 880 mm×1230 mm　1/32　印　张 | 8　字　数 | 178千字
版　　次 | 2023年3月第1版　　　　　印　次 | 2023年3月第1次印刷
成品尺寸 | 145 mm×210 mm
定　　价 | 68.00元

版权所有，侵权必究